KB133342

은설의 하루

나는 나, 박은설

작가의 말

나는 사람들이 이 책을 읽으며 무슨 생각을 할지 궁금하다. 어쩌면 이해하지 못하고, 공감을 못 할 수 있다고 생각한다. 내 글 중에서 몇몇 사람들이 공감, 이해할 수 없는 내용들이 포함되어 있다는 것도 사실이다. 내가 쓰는 한소네 점자라는 단어는 조금 새로울 수 있다. 불편하겠다고 말할 사람들도 많을 것이라고 생각한다. 하지만 하나 말하자면 전혀 불편하지 않다. 어떤 사람들은 생활하는 게 자신하고 다를 것이라고 생각할 것이다. 조금 다른 것은 사실이지만, 완전히 다르지는 않다. 책을 읽으면 알겠지만, 남들처럼 가족과 즐거운 시간을 보내며 놀고 먹고 자고 하는, 아주 게으르고 즐거운 하루를 보내는 전국의 한 초등학생 아이들 중 하나일 뿐이다.

어쩌면 내 또래가 이 책을 펼쳤을 수도 있다고 생각한다. 만약 그렇다면 그 아이의 일상이 어떨지 궁금하다. 그리고 나의 여러 생각들을 어떻게 받아들일지도 궁금하다. 문장이 좀 맞지 않더라도, 내가 여기까지 온 것으로 감사하는 마음을 갖고 있다.

내가 이렇게 글을 쓸 수 있게 해 준 수영구진로교육지원센터 선생님들께 너무 감사하다. 그리고 나를 도와주신 우동준 선생님에게도 감사하다. 항상 내 곁에서 글쓰기를 도와주셨다. 내 곁에 있어 주는 가족 친구들도 말이다. 나를 도와준 다른 모든 사람들에게 정말 감사함을 표하고 싶다.

2023년 7월
후끈후끈 덥지만, 포근한 내 방에서 한소네로 쓰다.

3부. 은설의 하루

4부. 잠 못 드는 밤

5부. 은설의 책장

6부. 은설의 생각

1부

학교생활

1-1. 나를 도와주는 고마운 선생님

나에게는 정말 고마운 분들이 있다. 내가 학교에 가면 반갑게 인사해 주는 분. 내가 어려울 때 도움을 주시는 고마운 분. 항상 나를 응원해 주시는 분. 우리의 공부를 가르쳐주시는 고마운 분. 그 고마운 분은 바로 선생님이시다.

항상 내가 학교에 가면 선생님은 앉아 계시거나, 가장 먼저 온 U와 이야기를 하고 계신다. 담임 선생님은 교실에 안 계실 때가 많다. 가끔은 교실에 계시기도 하지만 안 계실 때가 더 많은 것 같다. U는 되게 빨리 와서 선생님과 이야기를 나누고 있다. 나는 학교에 도착해서 같이 대화를 나누기도 하고, 혼자 한소네를 하기도 한다. 한소네를 하는 날에는 약간 기분이 별로이거나 피곤한 날이다. 어떨 때는 U와 게임을 하기도 한다. 한소네에는 브레인 게임, 주사위 게임, 점자 게임이 있는데, 우리는 브레인 게임 속 범인 잡기 게임을 하거나, 아니면 점자 게임에 단어 연습을 한다. 그럴 때는 너무 재미있다.

재미있기도 하지만, 승부욕도 난다. 그럴 때 나는 더 집중하려고 애썼다. 하지만 집중하려 할수록 집중력이 더 떨어졌다. 그럴 때 가끔 나 자신에게 짜증이 나기도 한다. 하지만 그것도 잠시, 짜증을 낼 시간은 없다. 나는 짜증을 눌러 참고 한소네 자판을 더 세게 두드린다.

한소네를 치고 있는 내 손에는 분노와 짜증, 이 두 가지가 모두 섞여 있어 아주 무겁고 센 손가락이 된다. 그런데 그걸 아는지 모르는지, U의 한소네에서는 정답이라는 소리가 들린다. 딩동이라는 소리, 그 순간 너무나 얄미워지는 소리. 나는 그럴 때면 몸을 떨곤 한다. 하지만 결국 U가 이기고 나면 진심으로 축하한다는 마음이 분노를 이긴다. 내 마음속에는 축하라는 단어가 떠다닌다. 게임을 할 때는 승부욕이 가득했지만, 게임이 끝나고 나서는 전혀 기분이 나쁘지 않았다.

U와 재미있게 게임을 하다 보면 수업 시간이 된다. 나는 수업 시간마다 꼭 하게 되는 생각이 있다. 처음에는 '난 못해! 절대로 못 해!' 했던 일들도 선생님께서 친절하게 가르쳐 주시면 이해가 된다. 선생님께서는 내가 못 하는 것을 가르쳐 주신다.

덕분에 지식도 쌓이고, 학교생활이 점점 즐거워지기도 한다. 나는 항상 선생님께 감사하는 마음을 가지고 있다. 진심으로 너무, 정말 항상 감사하는 마음으로 공부한다.

가끔 공부가 재미있지 않을 때도 있고, 그냥 특별히 조금 힘든 날도 있지만, 그럴 때마다 조금씩 쉬는 시간을 가지며 공부하니까 또 공부가 잘되었다. 나는 고마운 분들이 정말 많다.

"모든 선생님, 정말 감사합니다. 정말로 감사합니다."

1-2. W와의 이야기

나에게는 W라는 친구가 있다. W는 나보다 키가 큰 친구다. 같이 서면 비교가 된다. 하지만 나는 키 같은 것에 크게 관심이 없다. 키 크면 누가 돈이라도 준다고 했나? 키는 조금 작아도 괜찮다. 뭐 그 정도야 크게 문제가 되지는 않으니까 말이다. 만약 내가 키에 신경 쓰는 아이였다면 9시에 자고 6시에 깨는 아이였겠지만, 나는 그렇지 않다. 나는 12시에 자서 7시에 깬다.

나와 W와의 관계는 꼭 클레이 토이 같은 관계라고 할 수 있다. 어떨 때는 부서져 있지만, 뭉쳐서 지내면 예쁜 작품이 된다. 나와 W의 관계가 그렇다. 어느 날은 부서지지만, 어느 날은 서로를 아껴주는 좋은 사이이기도 하다. 나는 누구와도 싸우는 것을 싫어한다. 하지만 나는 아주 잘못된 것까지 다 참아가며 사이를 유지하는 것은 그야말로 별로다.

나도 처음에는 할 말을 다 못해서 답답한 적이 많았다. 싸우는 게 싫다는 이유 때문에 내 마음에 병이 오는 것은 아닐지 걱정한 적도 많았다. 그게 사실이다. 하지만 어느 순간부터 '나도 이제 참지 않을 거야, 이제 아무도 나를 만만하게 보지 못하게 할 거야!'라는 생각이 들었다.

유독 아이들이 나를 만만하게 본다는 생각을 많이 했었다. 내 생각일 뿐이지만 말이다. 그 순간 분노가 차올랐고, '더 이상은 못 참아!' 하고 마음속으로 외쳤다. 나는 그때부터 내 마음을 점점 잘 표현할 수 있게 되었다. '누가 뭐래도 내 마음은 움직이지 않아!' 그 순간부터 모래알 같던 내 마음은 돌덩이로 변해갔다. 그래서인지 싸우는 횟수가 늘어난 것 같기도 하다.

하지만 요즘은 싸워도 그렇게 마음 아프지 않았다. 차라리 잘 되었다고 생각할 때도 있다. 참는 것보다 싸우는 것이 더 마음 편했다. 아이들이 W의 편만 들어주고, 옛날과 달리 사이가 좋아졌다가 나빠지기도 하지만, 나는 딱 지금 클레이 토이 같은 관계가 제일 편하고 좋다.

물론 가끔 W에게 좀 미안할 때도 있다. '꼭 W가 잘못한 일이 아닌데도 내가 너무 예민했나? 내가 너무 예민했나 봐!' 한다. 가끔, 아니 자주 그런 생각이 든다.

정말 어떻게 해야 할지 잘 모르겠다. 아무 말을 하지 않기에는 너무 화가 나고, 다짜고짜 화를 내버리기에도 W가 어떻게 받아들일지 걱정된다. 이제는 화를 내기도 힘들어 대화하지 않으려고 선생님 옆에 가만히 앉아 있는데 말은 세게 해도 마음속으로는 너무 미안해져 순간순간 너무 마음이 약해진다.

우리가 싸우지 않을 때 W는 하늘에서 내려온 천사 같은 아이다. 친구들을 잘 챙겨주고, 위로해 주고, 같이 잘 놀며, 항상 친구를 사랑하는 마음이 그대로 전달되는 친구다. W의 옆에 있으면 항상 따뜻한 느낌이 들었다. W는 무엇이든 열심히 하는 친구다. 피아노 치기, 수학 문제 풀기, 일기 쓰기, 영어 연습, 공부, 운동, 줄넘기 등 모두 노력하는 아이다. 그리고 잘하지 못하는 분야가 있으면 배우고, 노력하고, 또 피아노도 배운다. W는 끈기 있고, 노력하고, 친절한 친구다. W는 솜사탕 같다. 부드러운 솜사탕, 달콤한 솜사탕.

W는 천사 점토를 닮은 것 같기도 하다. 하얗고, 만질 때 아주 느낌이 좋다. 내가 가장 좋아하는 점토 중 하나다. 정말 천사 같은 느낌이다. 왜 이름이 천사 점토인지 알 수 있을 정도로. W는 손을 잡고 있으면 부드럽고 따뜻하다. 그리고 W의 말 하나하나가 천사같이 부드러워서 감동하게 된다. 내 이름을 부를 때면 너무나 다정하다. 꼭 꿈에서 요정 한 명이 나를 조심스럽게 부르는 느낌이랄까.

W는 모든 친구들을 미소 짓게 만드는 재주도 있다. "은설은 이너공주 피자입니다!" 이 한마디에 나는 미소를 짓는다. W의 목소리만 들려도 사람들은 미소 짓는다.

앞으로도 W와 좋은 우정을 나누고 싶다. "W야, 항상 너와 함께 다니지 못해서 미안해. 하지만 나도 어떨 때는 U와 가고 싶고, 어느 때는 N과 가고 싶어. 그래도 나는 항상 W를 좋아하고 있으니까 오해하지 마. 알겠지? 내가 가끔 너무 예민한 것 같기도 하고 그래서 좀 마음에 걸려, 미안해."

1-3. H와의 이야기

 나한테는 H라는 친구가 있다. 정말 좋은 친구다. H는 노래를 아주 좋아하는 친구다. H와의 관계는 꼭 스펀지 같다. 마음대로 눌러도 다시 돌아오니까. 우리가 그런 관계다. 상처받았다가 다시 돌아오고, 또 상처받았다가 또 돌아오고.
 H는 춤을 아주 잘 춘다. 노래도 잘 부르고 '회전목마'라는 노래를 아주 좋아한다. 나는 그 노래가 참 지겨워 죽을 지경인데 말이다. 나만 그런 것이 아니었다. 모든 친구들이 다 지겨워하고 있었다. 결국 U가 학급회의 시간에 이런 의견을 냈다.

 "노래를 들을 때 H가 듣고 싶은 노래만 듣지 말고 모든 사람의 노래를 순서를 정해서 듣고 싶습니다." 나는 너무나 기뻐서 펄쩍펄쩍 뛸 뻔했다. 아이들 모두 그 의견에 찬성했다. 그리고 N도 이런 의견을 내줬다. "반 번호 순서대로 노래 듣는 게 좋을 것 같습니다." 이날은 온라인 수업을 하는 날이었다. 다들 각자의 의견을 정리해 카카오톡으로 보냈다. 갑자기 추가 의견이 나와서 놀랐지만 다들 정리해서 자기 생각을 보냈다.
 나는 그날 너무 기분이 좋아서 정말 날아가는 줄 알았다. 회전목마는 100번도 넘게 들었다. H도 그 의견에 찬성했다. H

는 반대할 줄 알았지만 찬성했다. 막상 의견대로 실천하려 할 때는 고집을 부렸지만 말이다.

 하지만 H는 참 착한 아이다. 간식을 받거나 물건을 받으면 항상 "고마워!"라고 크게 인사하는데 나는 그것을 가끔 까먹는다. 친구에게 "고마워."라고 말하는 것이 단순해 보여도 까먹기는 좋았다. 또 H는 사회문제를 너무 잘 푼다. 그럴 때마다 나는 '와!'하며 감탄한다. 가끔은 내가 까먹었던 문제를 풀기도 하는데 아무리 그래도 공부 좀 하라는 말은 너무 심하다.

"H야, 우리 앞으로도 잘 지내자. 그리고 내가 너 다음에 복수할 거야, 기대하고 기다려!"

1-4. N과의 이야기

나한테는 N이라는 친구가 있다. N은 좋은 친구인데 가끔 장난을 쳐서 화가 날 때도 있다. 휴지에 물을 묻혀서 말도 없이 물을 뿌리고, 화장실 바닥에 물을 쏟아붓기도 했다. 하지만 착한 친구다. 누구나 장난을 치고 싶을 때가 있으니까. 그리고 이건 너무 옛날 일들이다. 뭐 아직도 가끔 몰래 장난을 치기도 하지만 말이다.

아니 잠시만 그래도 화장실에 물을 뿌려놓는 것은 너무 별로인 행동이다. 누가 밟고 넘어지면 어쩌려고. 그래도 이제부터라도 장난을 치지 않으면 될 텐데 이제는 계속 나를 놀린다. 요즘 나를 놀리는데 재미가 붙었나 보다. "은설이는 말랐대!" 하며 놀리는 행동. 마른 게 죄도 아니고, 너무하다. 그것은 상대방의 몸에 대해 비난하는 것 아닌가? N이 제일 심했을 때는 2학년이었다. 그날의 이야기를 해 줄 수는 없지만 정말 나에게는 끔찍한 기억으로 남아 있다.

그런데 나는 N이 대단하게 느껴지기도 한다. 2학년과 4학년 모두 같은 담임 선생님이신데 선생님께서는 N의 장난치는 횟수가 많이 줄었다고 했다. N이 참 대단하다고 생각했었다. 그런 습관을 고치는 게 아주 힘든 일인데 그걸 해냈다는 것, 너무나 멋진 일이다. 나도 N에게 습관 고치는 방법을 좀 배워볼까? 도움이 될지도 모른다. N은 아주 대단한 친구이다. 항상 같이 있어서 이런 점까지 보지는 못했는데 천천히 생각해 보니 N의 대단한 점 하나하나가 더 꼼꼼하게 보이는 듯하다. 그러고 보니 그때 나도 잘못이 있긴 한 것 같다. N을 너무 못 믿었던 것 같다. 하지만 어쩔 수 없었다. 내가 당한 게 50번은 넘을 텐데 믿기가 쉽지 않았다. 그 점은 정말 내가 N에게 사과해야 할 점이다.

N은 친절하다. 항상 마음이 넓고 예뻐서 친구들에게 물건을 잘 빌려주기도 하고, 피아노를 칠 때 먼저 양보해 주고. 지식도 많이 가지고 있어서 우리가 모르는 것이 있으면 척척 알려주고, 우리가 실수하거나 잘못해도 짜증 내지 않고 "다시 해 볼까?" 하며 가르쳐준다. 꼭 선생님처럼.

N은 자기가 원하는 유치원 선생님이라는 꿈을 이룰 수 있을 듯하다. 나는 미래의 N의 모습이 궁금하다. N은 참 공부를 잘하고 씩씩하고 발표할 때도 긴장하지 않고 열심히 잘하고. 용기가 있다. N은 사회에 대한 지식이 많이 있다. 어쨌든 N과 친하게 지내야지, 그래서 나는 N에게 하고 싶은 말이 있다.

"N아, 잘 지내보자."

1-5. U와의 이야기

U는 나의 아주 좋은 친구이다. U는 항상 친구들을 배려해 주고 항상 친구들의 이야기를 잘 들어 주는 아주 좋은 친구다. U는 자기 멋대로 하려고 하지 않고 친구들의 의견을 물어봐 준다. 그러지 않아도 될 상황에도 그렇게 물어봐 준다. 너무 고맙다. 저번에 U가 젠가라는 게임에서 이겨서 원하는 노래를 들을 수 있었는데 그때도 "너희들 무슨 노래 좋아해?"라며 우리가 원하는 노래를 고려해 주었다.

U에 대해서 더 설명하자면 U는 손이 부드러워서 뭔가 잡을 때 느낌이 좋다. U와 나의 관계는 좋다. 싸우지 않는다. 우리가 싸우는 일은 요즘 거의 없다. 5학년 때도 1번 정도 싸웠을 것이다. U는 U의 생각을 전달하면서 우리를 배려해 준다. 그 덕분에 말로 서로 상처받을 일이 없다. 옛날에도 있었던가? 만약 있었다면 그때는 참 철없는 때였을 것이다.

어쨌든 지금 좋은 사이면 됐다. 지금은 U와 좋은 우정을 나누면 된다. 그때는 그때고, 지금은 지금이다.

U는 아침 일찍 온다. 8시 20분쯤 올 것이다. 내가 물어봤는데 그렇게 대답했다. 나는 8시 30분쯤 도착할 때가 많다. 도

착하면 항상 선생님과 이야기 중인 U다. 아닐 때도 있긴 하지만, 그럴 때가 더 많다. 나는 도착해서 책가방을 걸 때 내 몸 안에 있는 체력을 다 써야 한다. 가방은 너무 무거워서 내 손으로 들기에도 무거운데 그것을 다시 들어 걸어야 한다니, 끔찍했다. 아무리 종이를 빼고 물건을 빼도 한소네가 너무 무겁다.

 나는 가방을 겨우 걸고 U와 이야기를 시작한다. 아주 행복했다.

"U야. 우리 사이좋게 지내자!"

1-6. J와의 이야기

나에게는 J라는 아주 좋은 친구가 있다. J는 키가 나보다 큰 남자아이이다. 나와 J의 사이는 좋다. 우리는 마음도 잘 맞고 서로 싸운 적도 한 번도 없다. 그렇게 서로 말을 많이 하는 사이도 아니었지만, 한 번 말을 시작한 후부터는 우리가 서로 잘 맞는다는 것을 알 수 있었다. 서로 재밌는 이야기를 하고 서로에 대한 이야기도 주고받는다.

J는 그림 그리기를 아주 좋아하고 또 그림을 아주 잘 그린다. 그리고 J는 자신의 물건을 아끼는 알뜰한 아이다. 수저통을 잃어버렸을 때도 끈기 있게 찾았지만, 결국 찾았는지 못 찾았는지는 기억이 안 난다. 하지만 그 일 이후 J는 자신의 물건을 아끼는 알뜰한 아이라는 것을 알 수 있게 되었다.

우리에게는 공통점이 있다. 둘 다 로블록스를 너무 좋아한다. 항상 그 이야기를 한다. 사실 항상 있지는 않은데 거의 매일. 그 이야기를 하다 보면 더 친해진 느낌이랄까. 우리는 유튜브 이야기도 하고 아주 가끔 J가 좋아하는 것에 대한 이야기를 듣기도 한다. 재미있다.

J는 아주 친절한 친구다. 항상 무언가를 친절하게 알려줘서 나는 J에게 항상 고맙다. 정말로 너무나.

J는 장난치는 것을 좋아한다. "은설아, 저기를 보고 있어 봐." "왜?" "빨리 보고 있어 봐. 응?" 나는 결국 저기를 보고야 만다. "메롱" J의 장난 공격이었다.

 내가 "야!"라고 말하면 J는 더 메롱이라고 말해 준다. J는 장난을 치고, 돌아가서 친구들에게 나에게 했던 것과 똑같이 말한다. "메롱! 메로옹!" 앞으로 J와 더 친하게 지낼 것이다. "J야! 내가 언젠가는 너 내가 복수할 거야. 언젠가는 너를 내가 먼저 회오리 감자로 만들 테니까 기다려. 그리고 J야. 친하게 지내자. 그리고 언제 내가 너에게 복수를 할지 기대하라고."

1-7. 우리는 가끔 싸워

 우리는 가끔 싸운다. 항상 누군가의 말과 행동에 속이 상해서 싸움이 벌어진다. 누군가 상처 주는 말을 해서 말이다. 요즘은 특히 말로 싸우는 일이 조금 많이 있는 것 같다. 저번에 사회 선생님께서 해 주신 말씀이 있다. "말은 10초 해도 마음에는 10년 간다. 그래서 말을 조심해야 해." 처음에는 '10년? 그렇게 긴 시간?' 했지만 저번 일로 '말은 10년이 아니라 20년도 갈 수 있구나. 말이라는 것을 너무 무시했네.'라는 생각이 들었다.

 지난번에도 한 친구의 말과 행동 때문에 정말 상처받은 적이 있다. 우리는 그때 사이버에서 싸웠다. 내가 화난 이유를 다 설명해 주었는데도 이해를 못 하는 것 같았다. 기억이 안 난다고 했다. 그 친구가 했던 말을 다시 설명해 주었지만, 기억이 안 난다고 했다. 그 친구는 아직도 그 일을 이야기하는데 너무하다. 난 정말 다시는 그 일을 생각하기 싫은데.

 그리고 그 친구는 계속 내가 말랐다고 놀린다. 속상해 죽겠다. 100살까지 살 수 있는 시간을 50살까지밖에 못 살겠다. 진짜로 너무 싫다. 안 한다고 하고 또다시 하고 또다시 하고. "야 나한테 말랐다고 한 친구 잘 들어. 난 밥을 많이 먹는데 안 찌는 거고. 너 나보다 밥도 조금 먹잖아! 말랐다고 하지 마라 정말. 마지막 경고."

나를 놀리는 친구는 내가 속상하다는 것을 알고 있을까? 어쩌면 알 것 같다. 내가 속상해하는 것을 좋아하는 것일지도 모른다. "왜 네가 내 몸을 평가하는데!" 평가하지 말라고 해도 계속 평가한다. 피아노까지 치면서 아주 좋아한다. "은설이는 말랐대요! 은설이는 말랐대요!" "정말 너 내가 복수하고 만다."

우리는 지금도 가끔 편을 나누어서 싸운다. 우리 반은 6명이지만 1명은 혼자 놀거나 음악을 듣거나 선생님과 이야기한다. 우리랑 놀 때도 있고 말이다. 또 한 명은 우리와 놀긴 하지만, 편 같은 것은 나누지 않는다. 그럼 4명이 남는다.

지난번 우리 반 아이 중 두 명의 친구가 갑자기 편을 나누며 말했다. "방학에 우리 집에 올래?" "정말?" "그래, 그래." "좋아." "언제 갈까?" 이런 이야기 말이다. "그럼, 은설이 빼고 다 초대하자."라는 말도 들린다. 나는 마음속으로 외쳤다. '그래라, 너희들 마음대로 해라.' 나는 신경 쓰지 않고 밥을 맛있게 먹었다. 그 순간 말을 걸어 준 친구가 있었다.

"은설, 우리 방학 때 만날까? 시간 돼?" "어? 어. 8월에 돼." "나도 7월에는 안 되고 8월에는 돼." "정말?" "응, 그럼 날짜

보고 연락해." "응, 그래." 그 순간 들려온 말. "그럼 쟤도 빼자."

 쟤는 방금 나에게 말을 걸어 줬던 친구를 말하는 것이다. 순간 '아 괜히 나 때문에!'라는 생각이 들었다. 하지만 내가 밥을 다 먹으니 "같이 올라가자." 하며 내 손을 잡아 주었다. 손이 참 부드러웠다. 먼저 편을 먹었던 친구 둘은 점심시간에 사과했지만, 약간 성의 없는 사과였다. 나는 그다음 날에 결국 화해했다. 그 친구 중 한 명은 싸우기 싫다고 했다. 하지만 정말 미안한 말이지만, 이렇다면 싸우는 게 낫다. 정말로. "우리 잘 지내보자."

1-8. 따뜻한 마음

 나는 가끔 이런 생각을 한다. '대체 따뜻한 마음이란 뭘까? 친구를 배려해 주며 같이 노는 거? 양보하는 거? 아니면 줄을 설 때 자리를 비켜주는 거?' 무엇이 따뜻한 마음인지 구분되지 않을 때, 저 친구가 대체 무슨 마음에 저런 말을 하는지 모를 때 난 너무 답답하다.

 내가 친구들을 어떻게 대해줘야 친구들이 내 마음을 느낄 수 있을지, 그냥 마음대로 친구에게 다가가 놀자고 하는 것이 과연 내 마음을 전달해 줄지. 놀 때 마음을 다하면, 진심을 다하면 마음이 전달될지, 아니면 그저 아이들과 함께 재미있게 노는 것이 따뜻한 마음인지, 나는 모른다.

 가끔 친구가 틀린 말을 하면 이런 고민도 된다. 그냥 가만히 있어야 할지, 아니면 올바른 쪽으로 알려 주는 것이 더 좋은 마음인지 구분하기 힘들 때가 있다.

 그런데 가끔 아이들은 나를 헷갈리게 만든다. 아이들의 잘못이 아니다. 편을 나누어서 싸울 때 편이 부족한 쪽 아이가 내게 아주 따뜻한 눈길을 보내온다. 말도 부드럽게 한다. 그럴 때마다 이런 생각이 든다. '정말 저 친구는 내게 따뜻한 마음을 전하는 걸까?' 평소에는 볼 수 없는 모습이다. 하지만 그

건 진정한 마음이 아니고, 누구라도 함께 있어야 유리하기 때문인 것 같았다.

 정말 이게 따뜻한 마음일까? 몇 번을 고민해 보아도 해결되지 않는 문제. 제대로 생각했는지 틀리게 생각했는지 모를 문제. 정말 헷갈리는 문제. 너무나 고민되는 문제. 그럴 때 난 아무것도 하지 않은 채 받아주지도 못하고, 그렇다고 거절하지도 못한 채 가만히 서 있는다. 그리고 계속 친구들의 눈치를 살핀다. 그게 습관이다. 그런데 이제 안 그럴 거다. 혼자 있을 테다.
 대체 뭐가 따뜻한 마음인지 모른 채 가만히 서 있었던 그때 말고 난 이제 진짜로 확실하게 지낼 것이다. 되는 것은 확실하게 말하고 안 되는 것은 단호하게 거절하는. 그냥 멍하니 가만히 서 있을 뿐이었던 그때와는 다르게 말이다.

1-9. 잘 놀아

아이들과 나는 가끔 싸운다. 가끔 누구는 빼고 누구와만 노는 일이 있기 때문이다. 그럴 때마다 편을 나눈다. 나는 편 나누는 것을 싫어한다 이젠. 내가 잘못한 것은 내가 사과해야 하고 상대방이 잘못한 부분은 상대방이 사과해야 한다.

내가 편 나누는 것을 싫어할 때가 있다. 나와 별로 친하지도 않았으면서 다른 친구와 편을 나누니까 나에게 와서 친한 척하는 사람, 너무 싫다. 변덕쟁이 친구.

나는 그럴 때마다 '잘 놀아. 어차피 나도 편 나누면 돼. 너희가 먼저 나누었는데.' 하며 무심하게 넘기려 한다. 실제로 화가 나지만 난 괜찮다. 어차피 친구가 없어도 엄마와 아빠가 있으니까.

그런데 만약 아주 친하던 두 친구 중 내가 한 친구를 붙잡고 친하게 지내려고 편을 나누려고 하면 과연 남은 한 친구는 떨어지려 할까? 아니면 붙으려고 할까? 갑자기 궁금해진다. 그런데 진짜 우리는 왜 갑자기 편을 나누게 되었는지 생각이 안 난다.

지금 우리는 무얼 하는 걸까. 계속 편은 바뀌고 있는데 그렇게 하면서 친구도 바뀌고 있는 듯하다. 그것은 친구가 계속 바뀌는 게 아니라 아이들의 생각으로 친구를 소외시키는 행동이 아닐까.

다같이 잘 지내면 되는데 아이들의 생각은 계속 우리를 나쁜 길로 가게 한다. 꼭 2명~3명씩 편을 나누려고 한다. 생각보다는 화가 났을 때나 서운할 때 나오는 어떤 뜨거운 것이 우리를 괴롭히는 듯하다. 그 마음을, 아니 그 뜨거운 무언가를 이길 수는 없나 보다. 좋은 쪽으로 생각하려 해도 안 된다. '그래 얘들아, 잘 놀아라'. 하지만 나는 그래서 아이들에게 하고 싶은 말이 있다.
"얘들아. 우리 다시는 싸우지 말자."

어쨌든 너희들 바라는 대로 잘 놀아. 너희들 원하는 대로 해줄게. 그럼 나는 잠시 기다릴게. 너희들이 언젠가는 진정한 마음으로, 재미있는 생활을 보내게 될 거라는 믿음이 아직 강해. 너희들 정말 재미있게 놀아, 잘 놀아, 안녕.

1-10. 우리의 멋진 쉬는 시간과 우리의 소중한 수업 시간

난 아이들과 즐겁게 노는 시간이 제일 좋다. 그때는 쉬는 시간이다. 우리는 쉬는 시간 종이 치자마자 자리에서 일어나려고 한다. "인사하고 마치자." "앗! 인사!"하며 아이들은 다시 자리에 앉는다. 나는 그때마다 웃으며 "차렷, 선생님께 인사!"를 외친다. 아이들은 "선생님, 감사합니다."를 외치자마자 벌떡 일어나 교과서를 넣고 우리는 시끄럽게 떠들기 시작한다. 누구는 피아노를 치고, 이야기하고, 물물교환할 때도 있다.

이야기하다 보면 수업 종이 친다. 좀 짧다는 생각이 들 때도 있지만, 그래도 우리는 모두 자리에 앉는다. 투덜대는 친구도 있긴 하지만.

사실 N은 가끔 투덜거린다. "에이, 수업 시간이야?" 하며 얼굴을 찡그린다. '그래, 쉬는 시간이 좀 짧긴 하지. 그래도 다음 쉬는 시간을 기대하자.' 아이들은 노는 수업을 아주 좋아한다. 그래서 만약 그 시간이 체육이라면 투덜거리지 않고 "와, 체육!" 한다. 다른 수업이라도 맨날 투덜거리는 것은 아니다. 가끔 아주 재미있게 놀고 있었는데 종이 치면 그런다.

나는 특별히 좋아하는 과목도 없고 싫어하는 과목도 없다. 그냥 나는 다 똑같이 재미있고 좋다. 아마도 그럴 것이다. 아직 나도 나에 대해 잘 모른다. 하지만 여태까지 공부하면서 특별히 '아, 이것은 정말 재미없어.'하는 과목은 없었다. 그런 거 보면 나는 다 좋아하는 것 같다. 어려운 것과 싫은 것은 다르니까. 나는 조금 어려운 과목은 있지만 싫은 과목은 없다.

친구들은 그래도 항상 노력한다. 그 모습을 보고 나는 친구들이 참 멋지다고 생각했다. W와 H, N과 U, 그리고 J 모두 끈기와 인내심, 노력하는 마음을 가진 착하고 소중한 친구들이다. 앞으로 나도 열심히 노력하고 복습해야겠다.

그렇게 열심히 노력하며 공부하고·있으면 금방 쉬는 시간이 돌아온다. "차렷, 인사!" "선생님, 감사합니다." 우리는 벌떡 일어나 다시 놀기 시작한다. 다시 교실은 시끌벅적 웃음꽃이 핀다.

"항상 내 곁에 있어 줘서 고마워. 얘들아."

2부
엄마 아빠와의 즐거운 이야기

2-1. 풀빌라

우리 가족에게는 추억이 많다. 그중에서도 풀빌라가 기억에
남는다. 다른 것도 있지만 말이다. 그곳은 예쁜 집 같은 건물
인데 건물 안으로 들어가면 수영장도 있고 특히 2층이라서
더 뭔가 다닐 곳이 많았다.

바비큐파티 같은 걸 할 수 있는 테라스 같은 공간도 있었다.
그냥 테라스라고 하면 될 것 같다. 다시 1층으로 가서 쭉 가
면 칸으로 예쁘게 만들어져 있는 유리문이 있고, 수영장을 내
려다볼 수 있게 되어 있고, 쭉 들어가면 테이블 하나와 의자
4개가 놓여 있다.

거기에서 쭉 가면 창문이 있다. 창문에서 보는 풍경은 아름
다워서 눈을 뗄 수 없을 정도이다. 다시 돌아서 쭉 직진하면
2층으로 올라갈 수 있는 계단이 있고, 쭉 올라가서 아까 소개
한 테라스 문 바로 앞에는 흔들의자가 놓여 있다. 오래전이지
만, 생생하다. 내가 많이 앉아 있었던 곳이다.

나는 그중에서 수영장과 바비큐 파티할 수 있는 테라스가 제
일 좋았다. 테라스는 2층으로 올라가서 침대 앞쪽으로 위치
에 있다. 아까 설명했듯이 흔들의자를 지나치고 조금 더 앞으
로 가면 나온다. 테라스로 나가면 테이블이 있고. 그 앞에는
넓은 공간이 있다. 그런데 조금 위험한 것은 창문이 뚫려 있

어서 잘못하면 떨어질 수도 있다는 단점이 있었다. 난 조금 높은 곳을 무서워해서 조심히 다녔다.

이것만 빼면 다 좋은 풀빌라였다. 우리는 거기에서 수영도 했다. 나는 물을 약간 무서워해서 아니 심하게는 아니고 보통 정도로 무서워해서 구명조끼와 튜브, 두 개 다 들고 다녔다. 사실 구명조끼에는 내 몸을 맡길 수 있지만 튜브에는 내 몸을 못 맡긴다. 무서워서가 아니고, 아니 사실 무서워서가 맞다. 아무 변명도 할 수 없어서 아쉽다.

엄마 아빠랑 수영하는 것은 재미있다. 엄마는 장난이 너무 심해서 들어가기만 하면 나에게 물을 뿌린 적이 있다. 아니 많다. 엄마는 어른용 튜브에 올라가서 나를 곤란하게 만든 적이 많이 있다. 함께 달리기 시합을 하는데 엄마가 갑자기 나를 끌어당겨서 반칙을 쓴 적도 있다. 정말 그럴 때면 화가 나서 내 속에 잠자고 있던 검은 연기가 훅하고 올라온다. '두고 봐.' 나는 주먹을 꽉 쥐고 마음속으로 외쳤다.

난 그래도 되게 재밌었다. 정말로 너무. 다음에 또 가고 싶다. 그래서 다음에는 거기에서 고기도 구워 먹고 싶다. 아쉬웠던 것은 그날은 비가 왔다는 것. 그래도 만족이다. 내 친구들하고 가도 재밌을 것 같은 곳이다. 정말 재미있는 곳이었다.

2-2. 설이네 테라스

설이네 테라스는 우리 집에서 제일 소중하고, 언제 가도 따뜻하게 우리를 반겨주는 곳이다. 봄에 가도, 여름에 가도, 가을에 가도, 겨울에 가도 좋다. 거기는 우리 집 가족들만을 위한 공간이다. 가족들이 모여 앉아 한 주의 일을 이야기하고, 가족들이 모여 앉아 맛있는 것을 먹는 공간이 설이네 테라스다. 설이네 테라스의 이름은 설이, 즉 박은설의 설이란 글을 따서 설이네로 지었다. 나는 활동을 좋아하니까 내 이름을 따서 만든 설이네 테라스에서 좋은 추억을 쌓을 것이다.

가끔 만들기를 같이 하고, 가끔은 요리를 같이한다. 우리는 설이네 테라스에서 즐긴다. 항상 너무나 즐겁고 따뜻하고 소중한 시간이다. 하루에 다섯 번은 들락날락하면서 거기에서 매일 창문을 본다. 마음속으로 내가 오늘 무엇을 했는지 생각도 하고 식물들도 잘 자라나 보기도 한다.

많은 소리를 들을 수 있고, 많은 것을 느낄 수 있는 이 설이네 테라스 너무 좋다. 우리는 또 가족회의도 한다. 서로 가족들을 칭찬하며 재미있는 '가족회의'를 한다. '가족회의'는 재미있기도 하며, 또 신나기도 한다.

가끔은 힘들다. 선선한 날씨에 가족회의를 하면 모두가 기분 좋지만, 더운 날씨에 가족회의를 하면 모두가 짜증 날 뿐이다. 더위는 우리의 감정을 순식간에 바꾼다. 매일 매일. 선선한 날씨면 좋을 텐데. 여름이 안 왔으면 좋겠다. 봄, 가을만 반복되기를. 그리고 우리 설이네 테라스도 봄과 가을처럼 따뜻하고 시원함을 가져다주기를 바란다.

2-3. 요트

 나는 요트에 두 번이나 갔다 왔다. 거의 생활은 똑같았지만, 되게 재미있었다. 거기에는 두 개의 큰 방이 있고, 두 개 중에 한 방에는 방 안에 또 작은 방이 있었다. 그 방은 화장실과 거의 이어져 있다고 봐야 할 공간인데 엄청나게 높은 침대가 있는 엄청 작은 공간이다.

 내가 들어가면 거의 꽉 찬다. 그 작은 방에는 창문이 아주 작게 뚫려 있는데 바닷소리나 냄새가 너무 좋았다. 작은 방이 있는 그 방 말고 큰 방에는 침대가 있고, 화장대에 화장실, 그리고 선풍기가 있었다. 많은 것들이 있었다. 그리고 계단이 있어서 위험했었다. 많이 어두운 편이어서 위험했다. 절대 휴대전화를 보면서 다니면 안 될 공간.

 계단에서 올라갈 때는 난간이 없어서 정말 조심히 올라가야 하고, 계단을 내려갈 때는 혹시라도 떨어질까 조심스러웠다. 평평한 길로 다닐 때도, 거기서 넘어질 것 같아 정말 아무것도 하지 않았었다. 요트 복도를 오갈 때 아무것도 들고 있지 않았고, 아니 않으려고 노력했고, 걸어 다닐 때 휴대전화 같은 건 절대로 안 봤다. 아니 꿈도 꿀 수 없었다. 손을 뻗고 다니거나, 아니면 내 눈을 활용해야 했다. 그런데 손을 뻗고 다니는 것은 확실하지 않아 눈을 써야 했다.

 그리고 여기는 3층까지 있다. 되게 신기한 구조다. 들어갈 때는 1층부터 3층까지 가는 게 아니라 3층에서 1층으로 들어가고. 나갈 때는 1층에서 3층으로 간다. 그리고 들어가는 입구가 2층에 있고, 내려가면 1층이 아닌 것 같았다. 2층으로 들어가면 거기 앞에 책상이 있었고, 더 들어가 보니 소파가 있었다. 그리고 옆에는 노래방 기계가 설치되어 있었다. TV와 연결해서 쓰는 기계였다. 그리고 내려가면 침대, 화장실, 화장대, 선풍기가 있다. 아까도 설명했지만. 정말 생각보다 넓고, 좋은 곳이었다. 따뜻한 곳이었다. 2층에서 창문을 내다보면 바다 풍경이 다 보였다. 정말 예뻤다. 정말 너무 예뻤다. 시원한 느낌도 들었다. 겨울에 가서 춥기도 했지만, 추운데도 추운 것 같지 않고, 마음이 따뜻해서 몸도 따뜻했다. 요트는 정말 재미있고, 신나는 곳 같다.

2-4. 등굣길

내가 학교에 갈 때 엄마, 아빠, 나. 그리고 나를 데려다주시는 이모. 이렇게 4명이 같이 간다. 엄마는 장난기가 많으셔서 등굣길이 심심하지는 않다. 엄마와 나와 아빠는 계속 대화한다. 특히 나랑 엄마는 대화를 많이 한다.

차 뒷자리에서 장난도 치고, 간지럽혀서 서로를 웃게 만들기도 한다. 가끔은 화가 나서 서로 짜증을 낼 때도 있지만, 그래도 좋은 친구 같은 딸과 엄마이다. 이 정도면 아주 좋은 엄마와 딸 사이다.

우리는 등굣길 말고도 소파에 함께 눕겠다며 싸운다. "내가 먼저 누웠어." 하면서 내가 말하면 엄마는 "그럼 내가 너 깔고 누울게."라고 말한다. 그렇게 말하고 우리는 싸운다.

결국 서로 웃으며 뒹굴지만 말이다. 어떤 날은 씨름하면서 싸우고, 어떤 날은 말로 싸운다.
난 재밌기도 하고, 문득 엄마가 유치하다는 생각도 든다.

유치한 것 맞지 뭐. 가끔 이러지만, 우린 정말 사이좋은 가족이다

2-5. 하굣길

　나는 하굣길에 엄마와 이모 그리고 나 이렇게 셋이 돌아온다. 우리는 차 안에서 이야기도 하고, 잡아먹을 듯 으르렁대며 싸우기도 하고, 가끔은 아주 가끔은 정말 아주 가끔 심한말을 서로 하기도 하고, 엄마가 차를 내리고 있을 때 문을 쾅닫아버리기도 한다.

　이 장난은 너무 재미있어서 멈출 수가 없다. 물론 엄마가 머리를 내밀었을 때 하면 위험하지만, 아닐 때 하는 것은 정말재미있다. 엄마도 똑같은 장난은 아니지만, 장난을 친다. 엄마는 앞에 벌레가 있다고 장난치기도 했다.

　내가 제일 싫고 무서워하는 게 벌레다. 사람보다 아니 호랑이보다 더 무서워하는 것인데. 절대 못 만진다고 했더니 내손을 끌어서 만지게 했다. 하지만 그건 벌레 모형일 뿐. 너무 웃겨. 그때 엄마를 콕 쥐어박으며 웃었다. '다음에 꼭 내가 복수할 거야.'

　엄마는 나에게 꿀밤을 놓았다. 난 아프다고 하면서 도망가버렸다. 나 혼자 빵집으로 뛰어갔다. 엄마도 쫓아왔다.

　우리는 빵을 사고 나서, 집으로 같이 돌아갔다. 돌아가는 길은 정말 재미있다. 볼 것도 많고 느낄 수 있는 것도 많아서 일까?

내 손으로 전달되는 바람과 그리고 내 마음으로 전달되는 따뜻함 때문일까? 장난치는 것도 재미있다. 역시 난 장난을 끊을 수 없는 아인가보다. 난 지금이 좋다. 우리는 아주 재미있는 가족이니까. 더 이상 바랄 것도 없다. 난 우리 가족만을 위해 살고 싶다. 나중에 어른이 되어서 항상 가족들을 도와주고 싶다. 그리고 작가 생활도 이어가고 싶다. 내가 하늘나라로 떠나기 전까지.

2-6. 인천

 우리는 1, 2년마다 한 번씩 인천에 놀러 간다. 외할머니가 있는 인천은 재미있으면서도 심심한 느낌이 든다. 편안한 느낌이 든다고 하기에는 심심한 느낌이 있고, 또 그렇다고 심심한 느낌이라고 하게 되면 너무나 편안하고 차분한 느낌을 감출 수 없는 이곳.
 뭔가 이상하고 특별한 기분이 느껴지는 곳이랄까. 내가 가면 할머니, 할아버지, 이모, 삼촌 그리고 이모부와 숙모, 사촌 동생 은우도 만날 수 있다. 엄마의 동생이 이모고, 이모의 동생이 삼촌이다. 우리는 모여서 맛있는 음식을 먹기도 한다. 이 음식은 맛있을 때도 있지만, 가끔은 정말 맛없을 때도 있다. 하지만 할머니가 만들어 주셔서 그런지, 맛없는 음식도 맛있어지는 기분이랄까.

 인천은 밤공기도 다른 것 같았다. 뭔가 조금 더 시원한 느낌, 조금 더 편안하게 잠을 잘 수 있을 것 같은. 그리고 밤이 되면 공기도 점점 무거워지는 느낌이랄까. 나를 꾹 눌러주는 느낌. 그것도 아니라면 뭔가 따뜻한 느낌이 할머니 댁으로 들어오는 느낌이랄까. 인천에 가면 더더욱 잠이 오고, 편안하다. 뭔가 피곤함이 내 몸을 꾹꾹 누르고 있는 느낌이랄까. 그래서 난 인천이 좋다.

 가끔은 의견 충돌도 있다. 가끔은 답답하기도 하다. 뭔가 더 말이 막 쏟아질 것 같고, 그럴 때면 그냥 "저도 잘 모르겠네요." 하고 방으로 가서 삼십 분 정도 휴대전화를 본다. 휴대전화를 보는 게 상책이다.

 그때만큼은 편안하다. 뭔가 나에게 좋은 생각만 하라고 가벼운 공기가 방으로 들어오는 것 같기도 하고 그것도 아니라면 모든 좋은 공기가 나한테 와서 나를 시원하게 편안하게 만들어 주는 게 틀림없다.

 신날 때는 뭔가 내 옆에서 신나는 음악이 들리는 것 같고, 아주 향긋하고 진한 향기가 내게 와서 나를 신나게 해주는 게 아닐까 하는 생각을 자주 한다. 그리고 화남도 있다. 정말 화가 날 때, 어떤 아주 뜨거운 공기가 내 온몸을 뒤덮고 내 머릿속을 태우고 나를 뒤흔들고 나를 마음대로 조종하는 느낌이랄까. 인천에 가면 신기한 일들이 많이 일어난다. 아주 신기한 일. 정말 신비로운 일. 나는 인천 가는 게 너무 좋다. 아주 많이.

2-7. 아빠와 단둘이

나는 가끔 엄마가 볼일을 본다고 밖에 나가면 아빠와 단둘이 있는 시간이 있다. 이 시간은 정말 편하고 좋은 시간인데 정말 무엇을 해야 할지 고민되는 시간이기도 하다. 아빠와 단둘이 무엇을 하면 좋을까? 하고 생각하기도 하고, 그리고 아빠와 뭔가 할 생각에 기분이 좋아진다. 나는 아빠가 뭔가 하고 있든 안 하고 있든 찰싹 붙어서 놀아달라고 하며 아빠한테 붙는다.

아빠와 단둘이 있으면 가끔은 따뜻한 느낌이 들기도 한다. 뭔가 그렇다. 왠지 모르겠지만 그렇다. 아, 그래서 하고 싶은 말. 나는 너무 따뜻해서 거의 잠이 든 적도 많다. 내가 항상 방에 들어가서 휴대전화만 하는 게 아니다. 잠도 자고 개인적인 공부도 한다. 그리고 가끔 모르는 것이 있으면 인터넷으로 검색도 하고, 위인전도 읽고, 점자 읽기 연습도 한다. 아빠가 모르는 것들을 아주 많이 하고 있다는 점을 말하고 싶다. 뭐 그렇다. 그렇다는 것이다.

그리고 우리는 재미있게 논 적도 아주 많다. 아빠랑 함께 게임을 하고, 같이 이야기를 나누고, 같이 누워서 가만히 있어도 재미있을 때가 있다. 사실 이럴 때가 제일 많긴 하지만,

아빠는 정말 나를 잘 이해해 주시는 분이다. 같이 라면을 끓여 먹고, 같이 게임을 하고, 같이 이야기하고, 같이 공부해도 재미있는 느낌이다. 게임이라 해도 가위바위보나 간단한 이런 게임이지만, 그래도 난 너무나 재미있다. 그리고 공부하는 것도 하나도 지겹거나 어렵거나 하지 않다. 재미있다. 가끔은 어려울 때도 있지만 그래도 10분 만에 다시 쉽게 변하는 문제들이다.

아빠와 단둘이 있는 시간만큼 재미있는 시간은 없을 것이다. 나는 아빠가 정말 좋다. 가끔은 서로 화가 날 때도 있고 서로 나쁜 감정이 들 때도 있지만, 화난 감정이 들 때도 있지만, 아빠가 밉다고, 아빠가 싫다고, 아빠가 얄밉고 짜증 난다고 해서 우리 가족이 아니고, 우리 아빠가 아닌 게 아니니까.

그리고 아빠와 나는 잠시 서로에게 안 좋은 감정이 있을지 몰라도 사실 우리는 끔찍하게 사랑하니까. 아빠에 대해 나쁜 감정이 들어도 이야기로 풀고 그러는, 아빠와의 좋은 사이를 지켜나가는 게 정말 우선이라고 생각한다. 지금처럼 영원히.

2-8. 엄마와 단둘이

나와 엄마가 단둘이 있으면 조금 뭔가 조금 이상한 것도 아니고 그냥 뭔가 평범한, 그냥 모르겠다. 아무것도 모르겠다. 하지만 신나긴 하다. 엄마는 장난도 치고, 화도 내고 뭐 그래서 신나긴 하다. 그런데 가끔 엄마가 이유 없이 짜증을 낼 때도 있고, 기분이 안 좋아 보일 때도 있다. 이럴 때 문제가 되고 힘들다.

엄마와 둘이 있을 때 그런 일이 있으면 되게 당황스럽다. 나에게 갑자기 화풀이를 시작하기 때문이다. 가만히 앉아 있는데 공부했니? 너 뭐해? 그만해. 뭐하길래 말이 없어. 지금 뭐할 거 없으니까 이제 좀 그만해. 그리고 공부 3타임 다 했어? 같은 질문을 쏟아낸다.

다한 지가 언젠데. 그런 질문을 하면 정말 짜증 나기도 한다. 하지만 지금 저렇게 짜증만 내는 엄마한테 말하면 어떤 봉변을 당할지 나는 알고 있으니까 그냥 말을 안 하는 거다. 그냥 나는 '다했어. 알겠어'라고 답변을 끝낸다.

정말 내가 화가 나서 튀어 오르기 전까지는 그렇게만 대답한다.

더 이상 말하면 그대로 무슨 봉변을 당할지 아니까. 아무도 내가 정말 화가 나서 펄쩍 뛰고 튀어 올라 불처럼 변하는 모습을 본 적은 없을 것이다. 우리 가족 빼고. 나는 웬만하면 그런 모습을 안 보이려고 노력한다. 아무도 내가 화가 나서 튀어 올라 하늘로 날아갔다 상대방에게 떨어지는 봉변을 맞이하고 싶지는 않을 것이다.

 그리고 나도 웬만하면 그런 모습은 보이지 않을 것이고. 그런데 절대 나를 만만하게 봐서는 안 될 것이다. 나는 공격을 못 하는 게 아니라 안 하는 것이고 화를 못 내는 게 아니라 안 내는 것이다. 나를 만만하게 보는 사람은 내가 소심한 복수를 할 것이다. 아무튼 엄마는 내가 뭔가 질문을 해도 짜증스럽게 대답하는 엄마이기 때문에 그때는 그냥 글이나 쓰면서 앉아 있는다. 나는 그런데 그런 시간이 제일 좋다. 사실 제일 좋다.
 솔직히 그때만큼은 글을 쓰고 있는 시간은 정말 달콤하다. 나는 그때 동준 선생님이 내준 숙제도 하고, 그리고 그냥 엄마한테 하고 싶었던 말을 마구 적어서 저장해 놓기도 한다. 그리고 사실 그 엄마가 했던 말을 적어둔 파일을 누군가 보았으면 한다. 다른 사람들도 이런 엄마의 모습을 알게 되면 놀라서 그대로 거꾸로 될지도 모른다. 아무튼 나는 화나면 글로 썼다가 지우기도 하고, 다시 그 내용 비슷하게 쓰고 지우기를 반복한다. 그런데 그렇게 하면 재미있다. 정말 재미있다. 아니 사실 화풀이해서 좋다. 나도 사실 엄마에게 절대 화내고 싶지 않다.

그냥 내가 마음대로 말할 수 있는 데가 글밖에 없다는 것을 알고 있기 때문에 만족하는 것일지도 모르지만, 나는 그래도 글이 너무 좋다. 나는 글을 써서 엄마가 못 찾도록 폴더 안에 폴더 안에 폴더 안에 폴더 안에 폴더를 만들어 놓을 때도 있다. 엄마는 지쳐서 열어보지 않을 것이 뻔하니까.
 하지만 반면 엄마랑 있을 때 좋을 때도 있다. 그냥 엄마가 내 말 조금 들어주고, 짜증만 안 내면 나는 만족할 수 있다. 그런데 너무 엄마가 과해서 힘든 날도 있다. 종일 장난도 치고 정말 이상한 농담을 중얼중얼 늘어놓으니까. 나는 가끔은 귀찮을 때도 있다. 하지만 짜증 낼 때보다는 낫다. 엄마와 함께 있는 시간은 그래도 정말 좋다. 정말 아주 좋다. 엄청 많이.

3부

은설의 하루

3-1. 평범하게 셋이서

 우리는 주말이 되면 셋이서 재미있는 생활을 보낸다. 정말 재미있는 생활을 보낸다. 뭔가 쌀쌀하면서도 그러면서도 뭔가 기분 좋게 하는 공기. 아침이 되면 우리는 맛있게 밥을 먹는다. 우리 집에는 기본적으로 반찬 투정하는 사람이 아무도 없기 때문에 밥 먹을 때 시끄러울 일은 없어서 우리는 아주 맛있게 먹는다. 우리는 밥 먹을 때 여러 가지 이야기를 나눈다. 내가 학교에서 무엇을 하고 있고, 내가 우동준 선생님하고는 무슨 이야기를 나누고 있고, 나는 학원에서 어느 정도 진도를 빼고 있고, 나는 요즘 무슨 글을 쓰고 있고. 나는 요즘 무슨 게임을 하고 있고, 나는 요즘 무슨 유튜브를 보고 있고. 내가 인스타그램에 무엇을 올리는지까지 우리는 비밀 없이 말한다.
 우리는 서로 정보도 많이 나누고, 좋으면 함께 한다. 그래서 엄마와 나는 인스타그램을 같이 하게 되었다. 기계를 정말 못하는 엄마는 인스타그램을 깔고 로그인하는데 30분이나 끌었다. 인증번호가 오지 않는다면서 30분이나 끌었다. 엄마는 인스타그램 게시물도 올릴 줄 몰랐다. 내가 하나하나 다 알려주어야 했지만, 나는 그게 재미있었다.

 알려 주다가 가끔 엄마를 놀리기 위해 책상을 쾅 치기도 한다. 엄마는 놀라지 않지만 말이다. 아빠랑은 얼불춤이라는 게임을 공유한다. 얼불춤은 리듬게임이다. 리듬 단추를 보고 리듬에 맞게 휴대폰을 치는 것인데 정말 어렵다. 내가 그것도 하나하나 다 보여 주어야 하지만, 나는 그 게임을 좋아해서 괜찮았다. 그리고 우리는 밖에 있을 때도 연락을 자주한다.

내가 항상 아빠한테 묻는 것. '아빠 어디야? 아빠 지금 뭐 해? 아빠 지금 뭐 먹어? 아빠 지금 무슨 일해? 거기에는 뭐가 있어? 아빠 나랑 나중에 뭐할 거야?' 같은 질문을 쏟아내곤 한다. 내가 엄마한테 전화하면 '엄마 지금 어디야?' 물어보고, '엄마 거기 어디야? 엄마 거기 어디야?' 계속 물어보고 엄마가 집이라고 하면 나는 '응. 그러면 나는 영원히 집에 안 갈 거야'라고 말하고 끊어버리는 장난을 자주 친다. 요즘은 안 그러지만 말이다.

정말 특이한 장난이다. 그러니까 엄마에게 지겹도록 어디야를 반복하다가 지겨워지면 끊어버리는 것이다. 그러면 엄마에게서 문자가 온다. 뭘 물어보려고 전화한 거냐고 물어본다. 그럼 나는 읽고 답을 안 해준다. 엄마도 문자를 4통, 5통 보내고 나면 지쳤는지 보내지 않는다. 그럼 나는 기다렸다는 듯 다시 엄마에게 문자를 보낸다. 엄마는 다시 문자를 보내는데 나는 읽고 답을 안 한다. 그리고 집에 가면 우리는 온 집안이 뒤집어지게 싸우는 거다.

그리고 아빠와 나와 둘이 있을 때도 있다. 저번에 말했듯이 우리는 재미있는 것을 많이 한다. 그리고 우리 셋이서 인천에 갈 때도 있다. 그때는 정말 우리 셋 다 배부르게 먹는다. 우리 셋은 서로 아주아주 아끼고 사랑하는 사이이다. 앞으로도 계속 그렇게 남기를.

3-2. 내가 처음으로 만들어 본 요리

내가 처음으로 만들어 본 요리. 나는 이때 정말 호기심 많은 아이였다. 무언가 있으면 무조건 만져보거나 봐야 했다. 특히 궁금증을 못 참아서 온종일 거기에 대해서만 생각하기도 한다. 그리고 인터넷에서 그 정보를 찾아보기도 한다. 그래서 가끔 책에서 모르는 단어가 나오면 사전에서 찾아보기도 한다.

그리고 가끔은 내가 원하는 답이 나오지 않을 때도 있다. 나는 그날도 계란으로 장난을 치고 있었다. 전자레인지용 그릇에 계란을 깨트리고 넣어서 물을 부었다. 물을 붓고 숟가락으로 휘휘 저으며 나는 장난을 치고 있었다. 그 안에 뭐가 있을지 살펴볼 생각이었다. 물을 담으니까 약간의 거품이 생기는 것이 예뻤다.

나는 이대로 전자레인지에 돌렸다. 3분 30초 정도를 돌리고 나니까 계란이 조금 익어있었다. 먹어도 될 거라는 생각으로 한 번 먹어 보았다. 꼭 계란찜 맛 같았다. 그때 난 알 수 있었다. 내가 계란찜을 만들었다는 것을 알 수 있었다.

정말 맛있었다. 그런데 아무 재료도 들어가지 않아 좀 밋밋했다. 다음에는 다른 재료도 많이 넣어야겠다는 생각을 많이 했다. 나는 계란찜을 그래서 가끔은 저녁 반찬으로 내가 혼

자 요리하기도 한다. 내가 반, 엄마 반 이렇게 나누어 먹는
다. 우리 이럴 때 보면 정말 사이가 좋지만, 우리가 정말로 양
보할 수 없는 것들 때문에 가끔은 정말 서로 한 시간 동안 싸
울 때도 있다.

 내가 양보할 수 없는 그것은 과연 무엇일까. 어쨌든 요리는
정말 맛있었다. 다음에는 재료를 조금만 더 넣기로 마음먹으
면서 먹었다. 최고 중의 최고였다.

3-3. 어버이날은 두려워

 나는 어버이날을 좋아하긴 하는데, 기다려지거나 하지는 않는다. 좋아하지도 않고 싫어하지도 않는 정도. 어버이날은 엄마 아빠에게 효도하거나 작은 기쁨을 나누며 선물을 사드리거나 좋은 마음을 나누는 날이다. 나한테는 그런 날이다. 그런 날로 알고 있다. 다른 사람들이 어떤 어버이날을 보내는지는 모르겠지만.

 그런데 어버이날 근처가 되면 나는 점점 어버이날이 안 왔으면 빌고 있다. 엄마는 선물을 너무나 좋아한다. 끔찍하게, 아주 끔찍하게. 뭐 나에게 강요는 안 한다. 그런데 그렇게 선물을 말하는 엄마를 보고 있는 나는 어떻게 선물을 안 살 수가 있을까?

 또 내가 넘어간 척하며 선물을 준비한다. 뭐 그런 적이 많다. 나는 선물을 좋아한다. 그런데 사실 선물이 없어도 이런 조건만 다 맞춰진다면 괜찮다. 그 조건은 나중에 설명할 것이다. 딱히 욕심이 없을 뿐이지, 누구는 받고 누구는 안 받으면 약간 서운함은 있다. 그런데 괜찮다. 난 어차피 더 좋은 것이 있으니까. 난 정말 이것만 지켜지면 된다. 엄마가 내가 말하는 조건을 모두 해 준다면.

1. 어린이날에는 온종일 푹 쉬게 해주기

이것만 해주면 나는 만족할 것 같은데.

2. 그날 하고 싶은 것 다 들어주기

완전 만족 중의 만족이다. 정말 좋을 것 같다.

뭐 그런데 일단 어버이날이 안 기다려지는 것은 '선물 고르기'라는 크고도 큰, 숙제 중의 숙제가 자리 잡고 있기 때문이다. 일단 모아놓은 돈은 그때쯤이면 다 쓴다. 어쩔 수가 없다. 아마도 20,000원 정도 남아 있을 것이다. 나는 '선물 고르기' 숙제를 열심히 하려고 노력했다. 그런데 정말 무엇을 사야 할까? 돈을 조금 남기고 사는 게 좋은데. 10,000원을 안 넘기고 살 수 있는 아주 좋은 선물이 없을까?

화장품도 그렇고, 손 선풍기도 만원을 넘긴다. 화장품은 20,000원도 아마 넘길 것이다. 엄마는 그렇다 치고 아빠 것도 선물을 사야 한다. 아니 사드리고 싶다. 항상 나를 위해 노력하는 것을 가만 보고 있을 수만은 없다. 이런 어버이날에는 감사 인사 겸 선물을 드려야 한다고 생각한다. 하지만 20,000원 가지고 살 수 없다.

같은 선물을 사 주고 싶지만, 그러기에는 둘의 취향이 너무 다르다. 다른 것은 둘째 문제이고 취향 다른 둘의 선물을 취향 맞춰 사 주려면 20,000원을 넘길 것이고. 둘이 너무 다르다. 더위를 많이 타는 아빠. 더위를 잘 안 타는 엄마. 특히 엄마는 추위를 많이 탄다.

어떤 사람은 진한 로션을 좋아하고, 어떤 사람은 연한 향의 로션을 좋아한다. 정말 정말 절약을 죽어라 하면 돈이 30,000원은 될까 걱정이다. 절약하려고 내가 필요하고 갖고 싶은 물건을 아예 안 살 수도 없고 그렇다고 다 쓸 수도 없다. 실과시간에 돈 관리라는 것을 5학년 1학기에 배웠다. 그 전에도 느꼈지만, 돈 관리는 참 어려운 것이었다. 물건을 보면 사고 싶어지는 사람들의 마음, 그런데 막상 꼭 필요할 때 못 써서 또 슬픈 사람들의 마음. 모든 마음이 다 이해되고, 특히 계속 물건을 보면서 사고 싶어 하는 마음 너무나 공감된다. 아무튼...

진한 향을 좋아하는 것은 엄마이고, 연한 향을 좋아하는 것은 아빠인데 그것도 너무 다르다고 할 수 있다. 그래서 둘의 선물은 대체 고를 수가 없다. 같은 면을 찾아보려고 해도 그런 것은 나오지 않는다. 나는 그리고 엄마, 아빠가 오래오래 간직할 수 있는 물건을 사 주고 싶다. 어버이날 선물은 많이 생각해봐야 할 것 같다. 앞으로 1년, 2년, 3년, 4년. 그렇게 우리는 많은 년을 생각해야 할 것 같다. 어떻게든 되겠지 하는 내 생각. 그렇게 쉽게 되면 얼마나 좋을까?

3-4. 스승의 날

스승의 날은 선생님과 함께 즐거움을 나누고, 선생님에게 감사하는 마음을 갖는 날이다. 이날은 어버이날보다 훨씬 편하다. 스승의 날은 즐겁다. 선생님께 편지를 드리고, 선생님에게 감사하다는 인사까지 드리는 것은 나에게는 행복이다. 스승의 날은 정말 좋은 것 같다. 나는 아니 우리는 어쩌면 나만일지도 모르지만, 평소에는 선생님에 대한 감사 그리고 선생님의 따뜻한 마음을 기억 못 할 때가 많다. 나만 그럴지는 모르지만. 하지만 스승의 날이 근처에 다가오면 선생님에 대한 감사가 느껴진다. 나는 그럴 때 편지를 준비한다. 그런데 내 마음을 잘 전달하지 못한 것 같다. 사실 전하고 싶은 말이 많았는데.

선생님 덕분에 우리가 지금 이렇게 공부할 수 있고, 글을 쓸 수 있고, 계산을 할 수 있고. 그리고 따뜻한 마음을 가질 수 있다고 생각한다. 선생님이 가끔 우리를 혼내실 때는 기분이 좋지 않고, 때로는 인정하기 싫고, 때로는 무섭기도 하고, 때로는 선생님에 대한 분노도 느껴진다.

하지만 선생님이 우리를 위해 그런다는 것은 알고 있다. 우리가 야단맞을 때 느꼈던 감정을 조금 부드럽게 해서 편지로 쓰면 얼마나 좋을까. 나도 사실 전하고 싶은 말은 많았는데 혹시라도 예의 없는 말일까 하고 적지 않았다. 지금 생각하면 후회가 된다. 사실 '선생님 덕분에 저희가 이렇게 재미있게 수학도 하고 그럴 수 있었어요. 감사합니다. 그리고 선생님 말씀드릴 게 있어요. 저번에도 학급 회의를 했지만 그래도 한 번 더 말씀드려 보고 싶은 내용이라서요. 사실 저는 학급회의 의견을 내기 전 아이들에게 그리고 언니 오빠들에게 조사를 조금 했어요. "언니 오빠들은 선생님이 다른 반 가는 걸 허락해 주셔? 혹시 언니 반 가면 선생님이 허락 안 하셔?" 하고요. 그런데 다들 괜찮다고 하더라고요. 그리고 이 학급 회의는 모든 친구와 우리 반뿐만 아니라 모든 학년 친구가 오고 가는 것을 원하는 것 같았어요. 그리고 궁금한 것도 있어요, 선생님이 저번에 학급회의 할 때 다른 반 가는 것은 학교에서 안 된다고 하셨는데 초등학생만 안 되는 거예요? 사실 소영 언니가 중 2반에 가서 놀고 서로 왔다 갔다 하는 것을 한번 본 게 아니라서요. 만약 초등학생만 안 되는 것이라면 왜 그런 것인가요? 그리고 그런 법 언제 정해졌나요? 저 사실 분명 작년에 고등학교 2학년 교실 1주일에 한 번 갔었고, 초등학교 6학년 교실 1주일에 4번 정도 갔었는데, 이번 년에 새로 정해진 법인가요?'

이렇게 궁금한 것은 다 적어야 했는데. 아무튼...

나는 그래서 선생님에게 반항하지 않으려고 노력하고, 선생님에 대한 감사를 이때 잘 생각하는 것 같기도 하다. 스승의 날에는 죄송함과 감사, 그리고 사랑을 마음껏 표현할 수 있는 날이기도 하다. 편지는 우리에게 기쁨을 주는 것 같다. 선생님에게 솔직히 말할 수 있는 용기도 주는 것 같다. 선생님뿐만 아니라 가족, 친구, 선생님. 그리고 또 다른 친척 같은 여러 사람에게 솔직히 말할 수 있는 용기를 주는 것 같다. 나는 이때 축하한다는 말과 함께 편지를 건넨다. 나는 이럴 때가 좋다.

3-5. 엄마와 내가 양보할 수 없는 그것

 나는 엄마와 절대 양보할 수 없는 그것이 있다. 평소에 잘 지내다가도 그 얘기만 나오면 서로 티격태격 싸우기 마련이다. 이 문제에서는 나도 양보하기가 싫다. 스크린 타임이라는 휴대전화 제한이다. 나는 어느 정도는 스크린 타임을 지키고, 어느 정도는 스크린 타임을 어긴다.

 나는 이 스크린 타임이라는 휴대전화 사용 제한을 되게 싫어한다. 하지만 노력한다. 잘 지키려고 노력한다. 평일에는 한 시간을 쓸 수 있고, 주말에는 세 시간을 쓸 수 있다. 평일에는 잘 지키지만, 주말에는 잘 지키기가 어렵다.

 요즘은 세 시간, 아니 적어도 네 시간은 넘기지 않으려고 노력하지만, 너무한 점이 있다. 사실 내가 더 예민하게 반응하는 이유다. 구글도 안 풀어주고 심지어 전화까지 막는 것은 심하다. 카톡과 문자, 유튜브 다 못하면 전화는 급한 상황에서 할 수 있게 해 주어야 한다. 아니 나는 이렇게 생각한다. 궁금한 게 있으면 난 못 참는데 구글을 안 풀어주는 것은 심한 것 아닌가 싶다. 아무튼 아까 하던 이야기로 돌아가서.

 내가 적게 보려고 노력해서 나온 결과는 세 시간 삼십몇 분, 이렇게 머문다. 평일에는 한 시간 쓸 수 있지만, 한 시간 삼십 분 정도를 쓴다. 그것은 엄마가 이해해 준다. 하지만 나는 양보하기 싫다. 그래서 이 이야기만 나오면 티격태격 싸운다. 평소에 잘 지내던 엄마가 아닌 것 같다. 말투가 싹 바뀌면서 날카로운 말투로 바뀌고, 목소리는 점점 더 가라앉는 느낌이었다.

난 그때마다 항상 미안하다고 말한다. 그리고 노력하겠다고 말한다. 아니 뭐 내가 화가 나서 펄쩍 뛰어서 날뛰기 전까지는. 이거는 나의 진심이지만, 그럴 수 없다. 지키려고 한 날은 지켜진다. 하지만 신경을 안 쓴 날엔 지켜지지 않는다. 요즘엔 그래도 잘 지켜지는 편이다. 그래서 나는 앞으로는 신경 쓰고 지킬 생각이다. 또 티격태격 싸울지 모르지만 말이다. 잘 지킬 생각을 하고, 티격태격 싸우지는 않으려고 노력해야겠다. 나 자신과 약속해야겠다.

3-6. 힘든 날

 이유 없이 힘든 날이 있다. 그냥 잠을 자지 못한 날, 아니면 공부가 힘들었던 날, 아니면 친구들과의 조금의 다툼이 있던 날, 아니면 무언가에 너무 많은 시간을 썼던 날, 그런 날은 머리가 지끈지끈 아프면서 힘들다. 나는 그럴 때마다 잠을 자거나 글을 쓴다.

 글에 내 마음을 담고 나서 저장을 한 후 다시 지워버린다. 항상 내가 아무도 보지 말라고 비밀 폴더를 만들지만, 엄마는 그것까지 훔쳐보려고 하기 때문이다. 다음에는 엄마가 모르는 usb에 살짝 넣어놔야겠다.

 나는 저번에 엄마가 읽지 말라고, 비밀 폴더에 비밀 폴더에 비밀 폴더에 비밀 폴더에 비밀 폴더에 비밀 폴더에 비밀 폴더에 비밀 폴더에 비밀 폴더를 만들어 넣어둔 적이 있다. 그래도 엄마는 계속 엔터를 쳐서 읽어본다.

 그래서 나는 이제 글을 지우기로 단단히 마음먹었다. 절대 볼 수 없도록. 다시는 보지 않도록. 엄마가 내 한소네를 뒤질 때도 못 본다. 나는 그때 비밀번호를 걸어놓은 적이 있었다. 한소네의 비밀번호는 아이폰이었다. 그걸 단번에 맞춘 엄마는 또 헤집어 보았다. 나는 그래서 이제 글을 지우기로 했다. 절대 한소네에 글을 남겨놓지 않을 것이다.

엄마의 별명은 한소네 도둑. 나는 그래도 힘든 날을 잘 견뎌
낸다. 그래야 다음 날이 행복할 테니까. 파일에 암호 거는 법
을 알고 싶지만, 엄마가 죽어도 안 알려 준다.

3-7. 자신과의 약속

나는 요즘 자신과의 약속을 지키려고 노력한다. 나와의 약속은 스크린 타임 잘 지키기, 공부 하루에 한 시간 반 이상 하기, 그리고 철저하게 물건 챙기기이다. 내가 잘 지키지 않는다면 그때는 스스로 휴대전화를 하루에 2시간만 보기로 스스로 약속한다. 부끄럽지만 한 번도 지킨 적 없을 것이다. 그래서 조만간 바꿀 것이다.

아무튼 주말에는 두 시간만 보는 걸로 약속하고, 평일에는 삼십 분만 보기로 약속한다. 그런데 어느 날 자신과의 약속도 안 지키고 벌칙도 안 받았다. 내가 생각해도 좀 심한 것 같긴 하다.

나는 이렇게 자신과의 약속을 만들어 간다. 매일 자신과의 약속을 지키지 못해 민망하지만, 그래도 잘 지키려고 노력 중이다. 아니 사실 노력도 요즘 안 한다. 반성해야겠다.

나는 자신과의 약속이 있다. 바로 엄마를 많이 괴롭혀 주는 것이다. 아니, 사실 가족과의 시간을 많이 보내는 것이다. 가족과의 시간을 많이 보낼 때 엄마와 장난을 많이 친다. 서로를 괴롭히겠다며 몸싸움을 벌인다. 말싸움일지도 모른다. 아주 가끔은 몸으로 치고받기도 한다.

나는 엄마의 손을 잡는 척하면서 엄마를 팍 민다. 엄마는 그대로 뒤로 넘어가려고 하지만, 엄마는 꼭 무언가를 잡고 버틴다. 그리고 나는 엄마를 소파에 내동댕이쳐 버리고 싶어서 엄마를 소파 쪽으로 확 밀어버린 적도 있고, 엄마가 앉아 있는데 내가 달려들어서 엄마를 갑자기 팍 눕게 해버린 적도 있다.

 그래서 결론적으로 자신과의 약속을 정리하자면 공부 한 시간 반 이상 하기, 가족과의 시간 많이 보내기, 스크린 타임 잘 지키기이다. 나는 앞으로도 잘 지킬 것이다. 그리고 앞으로도 엄마를 많이 괴롭혀 줄 것이다. 약속한다. 엄마 괴롭히는 게 이 세상에서 제일 재밌으니까.

3-8. 나 혼자 남아 있을 때

 나는 혼자 있을 때가 있다. 그럴 때가 많다. 엄마가 일하러 안마원으로 가시면 나 혼자 있다. 아빠와 함께 있을 때도 있다. 아빠와 함께 있으면 기분이 좋다. 나 혼자 있을 때도 좋다. 자유를 누리고 있는 느낌이 든다. 뭔가 좋다. 나 혼자 있을 때는 나 혼자 밥을 챙겨 먹기도 한다. 그래봤자 컵라면이나 밥에 김을 싸 먹거나 하는 것밖에 없지만 말이다.

 그래도 맛이 있다. 나는 혼자 있을 때면 방에서 밥을 먹곤 한다. 방에서 먹으면 뭔가 기분이 좋다고 해야 할까. 그냥 방에서 혼자 문 닫고 있으면 좋다. 그렇게 엄마 몰래 그렇게, 엄마 몰래 먹는다. 몰래까지는 아니지만, 이야기해 주진 않는다. 엄마는 내가 방에서 밥 먹는 것을 그렇게 좋아하는 것 같지는 않다. 그래서 이야기해 주지 않는다.

 나는 그래서 그냥 몰래몰래 먹고, 엄마가 눈치채지 못하도록 나는 방문을 활짝 열어서 냄새가 빠져나가게 만든다. 엄마는 들어와서 알아본 적이 한 번도 없다. 아니 한 번은 있다. 저번에 방에서 컵라면을 먹고 있었는데 엄마는 그때 하필 들어와서 나를 놀라게 했다.

 정말 타이밍이 안 좋았다. 나는 그래서 엄마한테 정말 타이밍 안 맞게 들어오네, 조금만 늦게 들어왔어도 다 먹었는데,

라고 말했는데 엄마와 나는 그때 서로 말싸움을 했다. 좋은
말싸움이었다. 그냥 장난식으로.

 우리는 그래도 행복하게 보냈다. 나는 혼자 있을 때가 그래
서 좋다. 아주 좋다. 평화로운 느낌.

3-9. 방학

 나는 방학하는 것이 너무 좋다. 방학은 나만의 시간을 보내
는 것 같아서 좋다. 아마도 그래서 어쨌든 나는 방학이 좋다.
나는 방학에 할 것을 많이 생각해 두었다.

1번. 노래방 가서 색소폰 한 번 이상 불기
2번. 상상 체험이라는 곳에 한번 가기
3번. 숙제는 열심히 하기
4번. 휴대전화 너무 많이 보지 않기. 그 대신 한소네로 글 많
이 쓰기.
5번. 맛있고 건강한 음식 많이 먹기
6번. 살 좀 많이 찌기
7번. 사촌 동생이랑 놀기
8번. 엄마와 함께 많이 놀기
9번. 가족들과 시간 아주 많이 보내기
10번. 방학이 기니까 알차게 보내기

 난 이렇게 많은 계획들을 가지고 있다. 모든 계획을 실천할
수 있을지는 모르겠다. 항상 변수가 생기기 때문에 믿을 수
가 없다. 나는 그런 것을 많이 겪어보았으니까 안다. 항상 변
수는 생겼다. 엄마가 하는 가게에도 변수는 많았다. 손님이

갑자기 많이 잡혀서 할 일을 제때 못하거나 하는 일. 엄마가 분명 오늘은 늦게 나간다고 말을 했는데 갑자기 손님이 잡혀서 빨리 나간 적도 있었다. 그래서 나는 계획을 다 지킬 수 있다는 큰 기대는 하지 않는다. 기대는 그만큼 큰 실망을 주니까 말이다.

나는 그래도 방학을 알차게 지낼 것이다. 그 계획만큼은 변하지 않는 계획이다. 방학은 정말 기쁜 것이다. 나는 방학식을 하는 날이면 아주 기뻐했다. 나는 여름방학을 좋아한다. 겨울방학보다는 갈 곳이 더 많은 것 같다. 겨울은 너무 춥다. 겨울에 가게 물이 얼어버린 적도 있다. 정말 너무 힘들었다. 손은 주방에서 씻어야 했고, 화장실은 아예 가지도 못했다. 그뿐만 아니라 겨울은 너무 춥다. 나는 정말 춥다. 겨울에 영하 10도까지 내려간 적도 있었다.

겨울에 눈이 많이 온다면 겨울을 좋아했을 텐데. 부산에는 눈도 안 온다. 여름에는 덥긴 하지만, 갈 곳은 많다. 차라리 더운 게 나은 것도 같다. 난 옛날에 그랬다. 겨울에는 더운 게 낫겠다고 말하지만, 여름에는 추운 게 낫겠다고 말한다. 하지만 경험해 본 나는 여름이 조금 더 낫다는 마음을 갖게 되었다. 여름방학 너무 좋다.

4부

잠 못 드는 밤

4-1. 학교로 가다

 학교로 가다. 나는 꿈속에서 학교로 간 적이 있다. 내가 학교를 좋아해서 가거나 그런 것은 아니다. 의도적으로 간 것도 아니고, 어쩌다가 가게 되었다. 그 학교에는 누구도 없었다.

 내 마음대로 해도 되었다.

 나는 엘리베이터를 타고 1층부터 4층까지 학교를 계속 돌아다녔다. 1층에 있는 1학년 교실부터 교무실까지 모두 들어가 보았다. 그리고 내 마음대로 실감형 콘텐츠실로 들어가 게임을 하기도 했다. 그리고 상담실로 들어가서 앉아 있기도 했다.
 그리고 우리 교실로 가서 칠판에 마음대로 글씨를 쓰기도 하고, 그리고 책상에 앉아 보기도 하고, 그냥 학교 운동장에서 뛰어놀기도 하고, 놀이터로 가서 그네를 마음껏 타기도 했다.

 그리고 내가 마음속에 담아두던 나를 항상 위로해 주는 언니를 보기 위해 고3 교실로 들어가 보기도 했다. 우리는 만났다. 항상 이런 학교였다면 학교가 가고 싶을 텐데, 일어나 보니 다 꿈이었다.

그 순간 학교가 완전히 가기 싫어졌다. 그냥 매일매일 학교가 그런 학교였으면 좋겠다. 그러면 진짜 하루하루가 행복할 텐데.

4-2. 전학 간 친구

나는 꿈에서 전학 간 A라는 친구를 만난 적이 조금 많다. A라는 친구가 다시 내 앞에 나타나 있을 때가 많다. A가 우리학교에 있었던 때는 학교생활이 행복했다. 지금도 행복하다. 아침이 제일 귀찮다. 아침에 일어나면 '아 진짜 학교 가기 싫어. 아 진짜 조금만 더 자고 싶어. 20분만 더 자는 게 내 소원이야'라고 생각한다. 막상 학교 가면 괜찮다. 그렇게 '학교 가기 싫어. 정말 학교는 싫어'라는 생각하던 나도 학교에 가면 그래도 괜찮아진다. A가 있을 때는 학교로 갈 때 오늘도 A를 만난다며 기대도 했다.

다른 친구들도 기대하고, A도 기대하고, 오늘은 어떤 생활이 펼쳐질지도 기대 반 피곤함 반으로 학교에 갔다. A는 3학년 때 전학을 갔다. 전학 가기 전, A는 결석을 많이 했다. A는 그때 감기에 걸렸었고, 감기가 결국 폐렴으로 넘어갔던 걸로 기억한다.
지금은 잘 있을지는 모르겠지만, 내가 알기로는 A는 필리핀에 사시던 어머니와 함께 양산에 있는 걸로 알고 있다.

하지만 지금 A가 어디에서 어떻게 지내는지 모른다. 하지만 꿈에서는 달랐다. A와 나는 함께 피아노도 치고, 손을 잡고 함께 걷기도 하고, 운동장에 가서 뛰어놀기도 했다. 그리고 가위바위보도 하고, 가만히 서서 서로를 가만히 지켜보기도 했다. 그 친구랑 다시 나와 언제 어떻게 만날지는 모르겠지만, 기대하고 있다. 언젠가는 만날 것이니까.

4-3. 여행

 나는 밤마다 여행한다. 친구들을 만나기도 하고, 학교로 가기도 하고, 그렇지만 나는 아주 특별한 여행을 한 적이 있다. 나 혼자 비행기를 타고, 나 혼자 미국으로 가서, 나 혼자 사진을 찍기도 하고. 나 혼자 맛있는 밥을 먹기도 하고, 나 혼자 걷기도 했다.

 아주 옛날이라서 잘 기억은 안 나지만, 어쨌든 정말 재미있었다. 그때 펼쳐진 광경은 아주 멋졌다. 그때는 옆에 나무가 있었고, 그다음에 풀도 깔려있었다.

 실제로 이런지는 잘 모르겠다. 실제로 가는 게 제일 좋긴 하지만, 그럴 수 없는, 아니 지금 당장 할 수 없으니 상상하는 게 그래도 좋은 것 같다. 나는 상상을 할 때면 그림을 그린다. 휴대전화로.

 나는 비행기를 타는 꿈을 많이 꾸었다. 비행기를 타고 미국에 갔다가, 비행기를 타고 서울에도 가고. 비행기를 타고 베트남에도 갔었다. 베트남에는 실제로 갔었다.

 아마 그것을 기억하고 다시 꿈에 나온 듯하다. 나는 베트남에서도 잠결에 종소리를 들었다. 그 소리는 꿈이었을까, 실제였을까. 실제였을 것이다. 엄마도 들었으니까. 고민하면서 일어났는데 엄마도 들었다고 말했다. 그런데 요즘도 가끔, 아주 가끔. 그 종소리가 들리는 것 같다.

그것은 꿈이다. 확실한 꿈이다. 그 종소리가 그냥 내게 제일 기억에 남는 것인 것 같다. 앞으로도 많은 여행을 할 수 있었으면 좋겠다. 매일매일. 아주 많이. 그리고 나는 내가 좋아하는 장소를 차를 타고 가는 꿈을 꾼 적이 있었다. 옷 가게나 식당이 많았고 사람도 아주 많았다. 시끄럽고 북적북적 아주 신나는 곳이다. 아주 좋은 동네였다.

식당에 들어가 밥을 먹었고, 정확히 기억은 안 나지만 푸짐했고 거기에서 아는 사람과 만나 놀았고 재미있는 영상도 보며 놀았다. 그때는 아무것도 생각나지 않았다. 하지만 실제로 이 일이 일어났으면 좋겠다.

4-4. 서울로 가다

나는 가끔 꿈에서 서울로 갈 때가 있다. 엄마와 함께 갈 때도 있고, 나 혼자 갈 때도 있다. 하지만 나는 나 혼자 갈 때가 더 재미있는 것 같다. 왜냐하면 뭔가 혼자 여행한다는 게 좋다. 혼자 여행한다는 게 너무 좋다.

나는 가서 할머니, 할아버지를 만나서 재미있게 놀고, 맛있는 간식도 먹고 그런다. 그리고 갈 때, 올 때 비행기를 타고 밖에 나가서 놀기도 한다. 그런 꿈은 되게 재미있는 거 같다. 그런데 엄마가 깨워서 깨면 조금 아주 아쉽다.

더 재미있게 놀 기회였는데 말이다. 정말 너무 그럴 때는 너무 아쉽다. 정말로. 정말 엄마가 그럴 때는 안 깨워줬으면 좋겠다. 어쨌든 그 꿈은 너무 재미있는 것 같다. 정말 너무. 정말 너무 재미있는 것 같다. 한 번 더 그 꿈을 꿀 수 있었으면 좋겠다. 딱 한 번만 더.

4-5. 그래, 내일이야!

나는 내일 뭔가 아주 재밌는 걸 하기로 되어 있으면 꿈으로 미래를 보게 된다고 해야 할 것 같다. 어쨌든 미래를 본다. 미래를 보는 것은 정말 재미있다. 나는 미리 거기에서 무언가를 한다. 캠프 가기 전날, 나는 캠프에 가는 꿈을 꿨다.

몇 시간 밖에 못 자긴 했지만, 한 네 시간 정도 잤을 것이다. 그날 나는 서울에 갔다가 다시 돌아오는 길이었다. 부산은 날씨가 많이 안 좋았다. 그래서 결국 착륙하지 못했다. 심하게 불어오는 바람과 낮게 떠다니는 얄미운 구름 때문에. 하필 비행기가 김포공항으로 돌아갔다. 그래서 결국 난 5시 32분 차를 타고 부산으로 돌아와 캠프를 갔다. 나는 그래서 수영을 못 했다. 정말 이런 일은 처음 겪어보는데 하필 비행기가 캠프 전날, 돌아갔는지 모르겠다.

정말 나는 운이 안 좋았다. 난 캠프 갈 운명이 아니었나 보다. 어쨌든 나는 캠프 꿈을 꿨는데, 갈지 안 갈지 확정되지 않았던 캠프, 그래도 가서 다행이라고 생각했고, 수영은 못했지만, 아이스링크장에 가서 놀아서 뭐 만족했다. 나는 친구와 함께 재미있게 놀고, 놀이기구도 타고 그랬던 것 같다.

현실은 달랐지만, 꿈에서도 되게 재미있었던 것 같다. 원래 수영도 할 수 있어야 하는 건데 꿈에서는 수영하지 못했다. 실제로도 하지 못했다. 비행기가 정말로 착륙하지 못하고 김포공항으로 돌아갔기 때문에 그래서 수영복을 챙겨가지 못했다.

꿈에서는 하지 않은 거지만, 실제로는 하지 못했다. 왜 하필 전날인지 모르겠다. 다음에 이런 일이 있으면 나는 운명이 아닌 것으로 인정해야겠다. 어쨌든 나는 꿈에서 맛있는 빵도 먹고 과자도 먹고 행복했다. 꿈에서도 행복했고, 현실에서도 만족했다. 정말 너무 행복하고 즐거운 캠프였다.

4-6. 어디로 가는 거니

 나는 가끔 정말 내가 어디로 가고 있는지 모를 때가 있다. 한 번은 정말 어디로 가는지 모르는 곳에서 나무와 불과 그런 것들을 보며 걸어간 적이 있는데 맛있는 것들도 많고 좋은 것들도 많았다. 계속 걸어가 보니 무지개색의 무언가가 나왔는데 뭔지는 모르겠다. 그런데 확실한 것은 거기에는 많은 돈과 또 많은 금, 은 같은 것들도 많았었다.
 그랬던 것 같다. 그것들을 보며 나는 감탄했던 것 같다. 거기에서 계속 걸어가니까 갑자기 아까와는 다른 어두운 곳으로 들어가게 되었다. 어딘지는 모르겠는데 좋은 곳 같지는 않았다. 다시 쭉 걸으니까 다시 바깥으로 나오게 되었다. 그리고 쭉 걸으니까 산이 나온 것 같다. 확실히 산인지는 모르겠고, 산 같은 것이 나온 것 같다.

 그런데 나는 산에서 갑자기 어디론가 떨어지는 것 같다. 떨어져 보니 학교였던 것 같다. 나는 학교를 이곳저곳 돌아다녔다. 화장실에서 흰옷을 입고 있는 여자를 한 명 만났다. 학교에서는 한 번도 보지 못한 그런 여자를 만났다.
 내가 지나다녀도 아무 말도 하지 않고, 움직이지도 않았다. 나는 정말 학교에 온 게 맞을까. 나는 화장실을 나와 복도를 쪽 걸었다. 그러다가 또 어디론가 나가게 되었다. 처음 보는 곳이었다. 어딘지는 모르겠다. 그냥 어딘지 모르는 그런 곳. 대체 나는 어디로 가는 걸까. 그런데 그쯤에서 엄마가 나를 깨웠던 것 같다. 재미있는 모험이 될 수 있었을 것 같았는데.

4-7. 꿈이었으면

 나는 꿈이었으면 하는 생각을 자주 한다. 엄마랑 싸우거나 친구랑 다퉜거나 아니면 안 좋은 일이 있거나 할 때. 꿈이었으면 안 좋은 일이 있어도 금방 현실로 돌아오지만, 현실에선 안 좋은 일이 있으면 다시 되돌리지 못한다. 거기에서 빠져나올 수도 없다.
 만약 정말 그게 꿈이었다면 기분이 되게 좋았을 것 같다. 정말로 그게 꿈이었다면 만약 그게 꿈이 아니었어도 내가 시간을 되돌릴 수 있다면 정말 좋았을 것 같다.

 내가 시간을 되돌릴 수 있다면... 제발. 제발 그랬으면.

4-8. 제발 깨우지 말아줘

엄마는 항상 내가 좋은 꿈만 꾸고 있으면 깨운다. 저번에는 오랜만에 색소폰 수업을 할 수 있는 꿈이었는데 엄마가 갑자기 나를 깨워서 색소폰은 하지 못했다. 나는 7교시에 색소폰을 들을 수 있었는데 그때는 5교시였다. 6교시가 지나고 7교시가 되어야만 색소폰 수업을 들을 수 있는데 만약 그때 엄마가 깨우지 않았더라면 나는 색소폰 수업을 들을 수 있었을까? 엄마는 내가 안 좋은 꿈을 꾸고 있으면 깨우지도 않는다. 진짜 엄마는 뭔가 알고 그러는 사람처럼. 반대로 내가 안 좋은 꿈을 꿀 때 나를 깨우고 내가 좋은 꿈을 꿀 때 나를 제발 안 깨워줬으면 좋겠다.

나는 색소폰 수업이 너무 좋다. 정말 너무 좋다. 다른 것은 힘들면 가끔 포기하지만, 색소폰은 힘든 줄을 모르겠다. 색소폰에는 대체 무슨 힘이 숨어있길래 그렇게 재미있는지 모르겠다. 그리고 나는 우동준 선생님과 함께 글 쓰는 것이 너무 좋다. 가끔 그런 꿈도 꾼다.

한번은 그럴 때도 엄마가 나를 깨웠다. 그때 아마 열심히 10분 글쓰기를 하고 있을 때였을 것이다. 너무하다 엄마. 내가 쓴 글도 읽고, 그리고 글도 쓰고 함께 어떻게 지냈는지도 다 이야기했는데 10분 글쓰기 할 때 나를 깨운 것은 정말 비겁하다.

 10분 글쓰기하고 서로 읽어주면 끝이었는데 엄마 정말 너무하다. 너무 너무하다 진짜로. 진짜 너무하다 엄마는. 내가 꼭 좋은 꿈만 꾸고 있으면 깨운다. 한참 10분 글쓰기 잘하고 있었는데. 다음에는 정말 엄마가 깨워도 일어나지 않을 것이다. 절대로. 안 일어난다.
 그런 꿈을 꾸고 있을 때 깨우는 것은 정말로 비겁한 행동이라고 생각한다. 한 번만 더 그런 꿈을 꾸고 싶다.

4-9. 엄마 때문에

 내가 꿈을 꾸고 있으면 매일 나를 깨우는 악당. 너무나 귀찮고 힘들다. 나는 거의 매일 꿈을 꾼다. 이곳저곳 여행을 하기도 하고 사람들과 재미있게 놀기도 하고, 꿈에서 내가 하고 싶었던 일을 마음껏 하기도 한다.

 내가 생각했던 소원들을 이루기도 하고, 내가 바라던 일들 모두를 하기도 하고, 내가 가보고 싶었던 곳을 마음껏 여행하기도 하고, 이곳저곳 날며 지식을 쌓기도 하고, 그림에 들어가 보기도 한다. 그런데 그때마다 나를 방해하는 악당이 있다. 바로 '나의 엄마' 때문이다. 엄마는 정말 매일매일 나를 깨우는 악당이다.

 정말 내가 꿈을 꾸고 있을 때마다 깨운다. 차라리 주말에는 나를 안 깨운다. 그런데 그때는 내가 꿈을 안 꾼다. 꿀 때도 있지만, 안 꿀 때도 많다. 정말 너무하다 엄마. 나는 깨어있을 때 하는 상상을 그리 오래 하거나 좋아하진 않지만, 자면서 하는 꿈은 생생해서 좋다. 그런데 엄마 때문에 가끔 아주, 기쁜 부분에서 깨야 한다.

 만약 다시 잠들어도, 다시 그 꿈은 꾸지 못한다. 저번에는 내가 바라는 모든 것이 되는 세상에 갔었다. 꿈속에서 말이다.

내가 먹고 싶은 것은 다 먹고, 내가 하고 싶은 것은 다 하는 곳. 나는 거기에서 먹고 싶은 음식은 다 먹었다.

그때 아마 나는 과자도 먹고, 초콜릿도 먹었을 것이다. 그리고 나는 친구들과 놀고, 재미있는 놀이기구들이 많은 곳에 가서 놀이기구를 타기도 했다. 아마 그때 나는 놀이기구를 다 타고, 아마도 수영장에 있었을 것이다. 친구들과 함께 말이다.

그 순간 갑자기 들린 목소리. '얼른 일어나' 이 목소리의 주인공은 바로 우리 엄마다. 너무하다. 그 순간 엄마와 학교 둘 다 너무 미워졌다. 다시는 깨우지 마. 이 악당. 엄마.

4-10. 옆집 악당

우리 집 옆집엔 악당이 사는 것 같다. 밤마다 노래를 부르고, 리코더를 불고, 정말 시끄러워서 잠을 잘 수가 없다. 아니 나는 잘 자는데 나 아니었으면 힘들었을 것이다. 나는 사실 잠을 너무 잘 자서 누가 업어 가도 모른다. 어쨌든 옆집은 너무하다.

나 말고도 피해 보는 사람이 분명히 있을 것 같은데 항의 안 하나? 안 되겠다, 그냥 내가 언젠가는 꼭 복수를 해줘야겠다. 고통을 한번 제대로 겪어봐야 우리의 고통을 알 수 있을 것이다. 아니 만약 고통을 겪고도 그렇게 행동하면 그것은 정말 자기 생각만 하는 것이다. 이런 말 하기 조금 그렇지만 정말 그런 식으로 한다면 나 옆집으로 가서 새벽에 초인종 누를 것이다, 아니 초인종은 무슨. 그냥 경찰에 신고할 것이다. 집에 가는 것은 시간 낭비. 경찰에 신고할 것이다, 진짜.

옆집 사람들이 노래를 부를 때, 옆집 사람들은 아주 신나겠지만, 우리 집사람들은 고통스럽다. 밤에 빽빽 쏘리 지르면서 노래하는데 누가 그것을 듣고 좋아할까? 요즘은 조금 잔잔한 편이지만, 그래도 시끄러울 때가 좀 있다. 누구는 기쁠 때, 누구는 고통스러움을 겪어야 하는 것은 참 슬프다. 그런데 옆집 오빠가 엄마와 싸울 때 그때는 옆집도 고통스럽고, 우리 집도 고통스러움을 느끼고 있다. 그냥 싸우는 것이 아니라, 몸싸움을 벌이는 듯한 소리가 우리 집까지 들린다. 쾅쾅하는 소리가.

소리로 들었을 때는 정말 쾅쾅 쿵쿵거리는 소리가 진짜로 들린다. 옆집 오빠가 엄마한테 화내는 소리, 그리고 쿵쿵거리는 소리, 소리 지르는 것만 들었을 때는 몸싸움을 벌이는 것이 확실해 보인다. 그리고 리코더를 부는 것은 리코더 연습을 하는 것 같다. 계속 똑같은 곡을 반복적으로 부는 것을 봐서는. 그런데 왜 그것을 밤 9시가 넘어서 하는지. 이제 그 멜로디는 내가 거의 다 외울 정도이다.

옆집 오빠도 바쁘겠지만, 밤에 하는 것은 매너가 없는 것 같다. 좀 심한 말일 수 있지만. 관리사무소 방송에서도 오후 10시에서 오전 6시까지는 층간 소음에 주의해달라고 방송까지 했는데 너무한 것 같다. 적다 보니 생각난 것인데 밤 10시까지는 나도 아무 말 못 한다 치고 그래도 밤 10시부터는 좀 제발 조용히 해 주든지 그랬으면 한다.

10시부터는 제발 리코더 연습도 그만하고, 노래도 그만 부르고, 엄마와 싸움도 그만했으면 좋겠다. 엄마와 싸우는 것 정도는 내가 이해한다 치고 제발 노래랑 리코더는 제발 그만!

엄마와 싸우는 것을 이해해 주는 이유는 나도 어린이이고 충분히 엄마랑 많이 싸워 봤기 때문이다.

 부모님과 자녀의 생각이 다 같지 않고 의견충돌이야 언제든 일어날 수 있으니까. 몸싸움하는 것은 좋은 것은 아니지만, 이해해 줄 수 있는 문제이다. 그리고 옆집인지, 윗집인지는 모르겠지만 알람을 맞춰놨으면 제발 좀 꺼줬으면 좋겠다. 우리 집까지 진동 소리가 들린다. 제발 그러지 마세요. 모두 모두 제발 그러지 마세요.

5부

은설의 책장

〈몬스터 차일드〉_이재문 작가

'몬스터 차일드'는 MCS라는 질병에 대한 이야기다. 주인공에게는 MCS라는 병이 있고, 매일 약을 먹는다. 만약 변이하게 되면 손발에 털이 나고, 동물 같은 모습으로 변하게 되는 병이다. 조금씩 변이가 시작될 때마다 아이는 전학을 가야만 했다.

사실 전염성은 없지만, 이들은 사람의 시선을 피해 계속 전학을 다녔다. 그러다 결국 어느 시골 마을로 들어간 주인공은, 그 학교에서 자신과 똑같이 MCS를 앓고 있는 남학생을 만났다. 시골 아이들은 모두 그 친구를 피해 다녔고, 그걸 보는 주인공도 마음이 너무 아팠다.

하지만 주인공은 다시 시골 친구들에게 놀림 받을 걱정에 MCS를 앓고 있다는 사실을 끝까지 숨겼다. 만약 나도 주인공과 같은 상황이라면 처음에는 숨길 것 같다. 슬프고 미안한 일이지만. 그래도 결국에는 당당하게 나의 병을 말하고, 꿋꿋하게 이겨내도록 노력할 것이다. 꼭 이런 일이 아니더라도. 용기가 필요한 일이 있으면 언제든 용기를 사용할 것이다. 용기는 어디서나 필요한 것이며, 없어서는 안 될 것이다. 나는 그런 용기를 무조건 꺼내려고 노력할 것이다. 처음에는 꺼내기 어려울 것이다. 당연하다. 하지만 간절하게 "나와줘!

제발 나와줘!" 하며 빌며 하루, 이틀, 3일, 일주일, 한 달을 기다려 보는 것이다. 그리고 노력하는 것이다. 정말 힘들고 고통스럽다면 믿을 만한 친구나 부모님께 말해야 한다.

주변 사람들은 항상 나를 응원해 줄 것이니까 말이다.

〈종이 아빠〉_이지은 작가

　이 책은 나에게 아빠라는 존재를 한 번 더 떠올리게 했다. 내용은 그냥 아빠가 종이로 변하고, 은이라는 친구가 아빠를 꾸며주고 재미있는 놀이를 하는 이야기다. 나도 아빠가 종이면 어떨까 생각해 보았다. 일단 아빠가 종이면 나는 먼저 색종이로 아빠의 옷을 만들고, 그리고 예쁘게 꾸며주며 놀 것 같고, 아빠를 재미있게 괴롭혀 줄 것 같다.

　아빠는 종이니까 아빠에게 예쁜 스티커도 붙여주고, 아빠를 실컷 괴롭혀야겠다.

　아빠가 종이라면 정말 좋을 것 같다. 우리 아빠는 참 좋으신 분이다. 나에게 공부도 가르쳐주고, 나를 위해서라면 뭐든지 하시는 우리 아빠다. 그런 아빠가 종이라면 참 재밌을 것 같다.

　그런데 또 아빠가 종이면 안 좋은 점도 있을 것 같다. 종이면 걸을 수 없을 테니 나와 뭔가를 할 수 있는 범위도 적고, 종이면 너무 가벼워서 날아갈 것만 같다. 그래서 우리 아빠는 지금 우리 아빠 그대로가 제일 좋다. 그게 제일 멋지고, 나에게는 제일 사랑스러운 우리 아빠 모습이니까.

〈괜찮아, 방학이야〉_김혜정 작가

이 책을 읽으며 나의 여러 방학들을 생각해 보았다. 나의 여름, 겨울, 봄방학은 항상 놀고, 먹고, 자고, 가끔 공부하고, 매일 글 쓰는 일상이다. 그런데 이 일상들이 나는 좋다. 누가 보면 방학에 놀고, 먹고, 자고, 글 쓰고, 스마트폰을 살피니 너무 허무하게 보낸다는 생각할 수도 있겠지만, 나는 이런 방학이 좋다.

그런데 이번 방학에는 작고 특별한 일을 해 보고 싶다는 생각도 들었다. 이 책에 나오는 주인공은 제빵 학원에 다니기도 하고, 또 한 명은 수영 같은 것을 다니기도 하고, 외국에서 온 친구를 가르쳐주기도 하고, 하나씩 다 작은 특별한 일을 하고 있었다.

나도 큰 것이 아니더라도, 특별한 일을 하고 싶다. 나는 무엇을 하면 좋을까. 나는 온라인에서 할 수 있는 것을 생각해 보았다. 시각장애인의 무엇을 알려도 좋을 것 같고, 장애인에 대한 인식을 조금 더 바꿔주고 싶다는 생각도 했다. 그렇다. 그래서 나는 오늘부터 쭉 생각해 보려 한다.

2월 17일, 나는 봄방학과 함께 졸업한다. 돌아오는 봄방학에는 무엇을 하면 좋을까. 작으면서도 특별하게 나를 배우게 하는 일이 있을까? 여기에 나오는 친구들은 여러 슬픈 일과 기쁜 일을 겪으면서 작으면서도 특별한 일. 행복하면서도 배우는 일들을 했는데 나는 무엇을 하면 좋을까.

나는 무엇을 하면 좋을까.
이번 봄방학에 무언가를 배워볼까? 돌아오는 봄방학을 정말 알차게 보내고 싶다.

〈그냥 물어봐〉_소니아 소토마요르 작가

이 책에는 여러 가지 장애인이나 병을 앓고 있는 친구들이 나온다. 시각장애라는 것을 앓고 있는 친구. 천식, 당뇨같이 여러 가지 어려움이 나와 있다. 이 책을 읽으면서 나는 많은 생각을 했다. 여기 책에 나오는 아이들의 공통점은 자신이 하기 어려운 것을 말하기도 하지만, 대신 '나는 이런 것을 잘해', '나는 이런 것을 누구보다 뛰어나게 할 수 있어'와 같이 특별한 그리고 내가 가장 잘하는 점을 말한다.

각자에게 작은 어려움도 있겠지만, 이런 어려움 덕분에 더 잘하게 된 것이 있다는 것을 느끼게 해주는 책이다. 내가 시각장애가 있어서 점자를 잘 읽게 된 것처럼 말이다.

시각장애인은 보는 것을 못 할 뿐, 듣는 것을 누구보다 더 잘할 수 있다. 그리고 보는 것을 못 하는 것이지 생활을 못 한다고 한 적은 없다. 가끔 이런 사람이 있다. "안 보이니까 공부 힘들고 다 힘들 건데 어떡해. 청소도 힘들 거고 빨래도 힘들 거고 피아노 치는 것도 컴퓨터 하는 것도 혼자 다니는 것도 못 하지. 힘들겠다"라고 말이다.

그럼 난 이제부터 당당하게 말할 거다. "아니요, 공부는 점자로 한소네를 사용해서 하면 되고요. 청소는 손과 발을 이용해서 느껴가며 할 수 있어요. 피아노는 감각으로 느껴서 칠 수 있고요. 혼자 다니는 것은 흰 지팡이를 이용해서 사물이 있나 없나 살펴보고 가면 돼요. 전혀 힘들지 않아요. 우리는 보는 것만 못 할 뿐, 듣는 것, 만지는 것 같이 보는 것과 관련 없는 일 들은 다 할 수 있어요." 꼭 시각장애인이 아니어도 책에 나온 것처럼 당뇨가 있는 친구는 하루에 몇 번씩 바늘로 손가락을 찔러야 하는데도 잘 견뎌낸다.

그러니까 이 친구는 그런 어려울 수도 있는 일을 겪고 있지만, 대신 큰 용기를 낼 수 있는 그런 힘도 생긴 것 같다. 한 마디로 용감하다는 이야기. 이런 것처럼 자신이 못 하는 것도 있지만, 자신이 남들보다 더 잘할 수 있다고 생각하고 자신 있는 그런 것도 있을 것이다. 분명히 그런 것은 있을 것이다.

나는 사람들이 자신이 못하는 것을 생각하는 게 아니라, 내가 이런 것은 못하지만, 이런 것 덕분에 또 이런 것을 잘하게 되는구나, 라고 생각하면 좋겠다. 모두 잘하는 게 있을 것이다. 가끔은 자신을 스스로 원망할 수도 있다. 그리고 자신이 밉다는 생각이 들 수도 있다. 그런데 그러지는 말았으면 좋겠다.

모두 쓸모 있는 존재이며 모두 행복할 권리가 있는 사람들이다. 아이든, 어른이든, 모두 말이다. 공부를 못해도 괜찮고, 운동을 못 해도 괜찮다. 공부, 운동을 아주 못해도 모두에게 꼭 한 가지 재능이 있을 것이다. 나는 아이들과 어른들이 공부나 운동 같은 면에서 잘 못 한다고 해서 스트레스를 안 받았으면 좋겠다. 그리고 모두가 이 독후감을 읽으며 행복해졌으면 한다. 내 마음에 공감하면서.

〈교환 일기〉 _오미경 작가

'교환 일기'라는 책에서는 각자 하나씩 마음 아픈 사연들이 있는 아이들이 나온다. 단희는 단희대로, 윤아는 윤아대로, 민주는 민주대로. 각자 힘든 생활을 겪고 있었다. 단희는 갑작스럽게 엄마를 만났고, 그 집에서 살아야 했다. 그 사실을 친구들에게 밝히지 않았다. 민주는 엄마와 아빠 모두 돌아가셔서 동생과 함께 방에서 살고 있다. 매월 받는 돈은 관리비로 쓰고 5만 원만 남기고 한 달 동안 생활한다.

민주는 혼자 동생을 챙기며, 학교에 다녔다. 민주도 그 사실을 친구들에게 말하지 않았다. 윤아는 무슨 일이 벌어지면 꼭 엄마에게 문자메세지를 보내 친구들이 불편해했다. 그중에 나는 민주가 제일 힘들어 보였다. 혼자서 동생을 챙기고 생활한다는 게 정말 힘들어 보였다.

어느 날, 윤아가 교환 일기를 쓰자고 했다. 교환 일기는 세 명이 번갈아 가면서 일기를 쓰는 것이다. 아이들 셋은 서로의 비밀을 숨겨가며 일기를 썼다. 그중에 단희는 생리를 처음으로 시작한 날, 아빠랑 엄마, 외식하고, 아빠가 꼭 안아주시면서 이제 어른이 된 것이라고 말했다고 거짓말을 했다. 나는 거짓말을 한 단희의 마음이 이해된다. 자신의 상황을 사실대로 털어놓고, 자신의 힘든 상황을 친구들에게 말한다는 것은 힘든 일이 맞다. 그 마음을 충분히 이해할 수 있다. 나 같아도 친구들에게 나의 힘든 점을 말하기는 힘들 것 같다.

 민주는 주로 자기의 속마음을 적었다. 민주는 일기에 거짓말을 적지는 않았지만, 뭔가 슬픔과 우울함을 누르고 있는 느낌이었다. 윤아가 쓰는 일기 내용에는 잘난 척이 가끔 섞여 있는 것 같다. 계속 교환 일기를 쓰던 세 친구에게 어느 날 큰일이 생겼다. 민주가 한 달 동안 쓸 수 있는 돈 5만 원이 통째로 없어진 것이다.

 선생님은 돈을 가져간 사람은 종이에 동그라미를 치고, 안 가져간 사람은 가위표를 치라고 했다. 하지만 며칠 동안 동그라미는 나오지 않았다. 그런데 교환 일기 속 윤아가 내가 그냥 동그라미를 칠까 고민이라고 적었다. 사실 그 돈을 훔쳐간 범인은 다름 아닌 단희인데 말이다.

 단희는 자신을 원망하며 그게 왜 하필 민주 돈이냐고 생각했다. 하지만 한번 저지른 일은 되돌릴 수 없는 법. 그다음 날 누군가 동그라미를 그렸고, 단희는 마음이 더 복잡해졌다.

 동그라미가 나온 이후로 단희는 이제 제발 일이 끝났으면 좋겠다고 생각했고, 결국 솔직하게 고백하며 세 친구는 비밀 일기로 서로의 비밀을 밝히게 되었다. 민주는 그 사건이 있은 후 아이들에게 비밀을 천천히 이야기했고, 셋은 더 친해질 수 있게 되었다.

누구나 나의 비밀을 말하는 것은 아주 힘든 일이라고 생각한다. 하지만 힘들 수 있겠지만, 당당하게 말할 수 있는 것도 필요하다. 만약 용기를 내어서 비밀을 말했는데 놀리거나 무시하는 행동을 하는 친구가 있으면, 말한 사람은 잘못이 없다고 생각한다. 놀리는 것이 잘못된 것이다.

 누구나 어떤 사연을 가지고 있다. 아무리 예뻐도, 아무리 공부를 잘해도, 아무리 성적이 좋아도, 아무리 친구들하고 친해도. 심지어 매일 활짝 웃고 있어도 사연은 있을 수 있다. 그리고 무슨 일이든 있을 수 있다. 그러니까 누군가의 사연을 듣거나 누군가의 비밀을 들으면 놀리는 것보다는 그 사람의 입장이 되어 생각해 보기를 바란다.

〈불편한 편의점〉_김호연 작가

 나는 불편한 편의점이라는 책을 읽고 많은 생각을 했다. 편의점 사장님이 노숙자를 도와주는 모습을 보고 많이 감동했고, 그 노숙자가 사장님을 위해 밤에 순찰을 돌다가 불량한 학생들이 시비를 거는 것을 보고, 바로 달려와 사장님을 도와준 것도 되게 인상 깊었다. 어떻게 밤에 순찰을 돌 생각을 했을지, 그리고 어떻게 경찰을 바로 부를 생각을 했을지 신기하다. 그 후 사장님과 노숙자는 가까워졌고, 노숙자는 편의점에서 일하게 되었다.

 어떤 직원 한 명은 미련곰탱이라며 그 사람을 욕했지만, 그 노숙자는 별 탈 없이 일을 열심히 했고, 처음에는 서툴렀지만, 뒤에는 아주 완벽한 편의점 야간 알바 직원이 되어 있었다. 그 노숙자는 맨날 편의점에 와서 직원들을 괴롭히는 진상 한 명도 혼내주었다. 그렇게 고객을 대하는 게 맞는 게 싶기도 했지만, 또 잘한 것 같다는 생각도 들었다.

 그 진상이 반말하자 그 노숙자는 똑같이 반말해 주었다. 물론 그렇게 심하게 화내지도 않았다. 평소 낮에 일하던 시연은 그 모습을 보며 당황했지만, 그 일이 있은 후 진상이 다시는 편의점에 오지 않아 아주 좋아했다. 시연은 처음에 그 노숙자 알바를 싫어했었지만, 점점 알아가며 좋아하게 되었다.

이것을 보며 나는 친절하게 노숙자를 도와준 사장님의 마음과 노숙자라는 이유로 싫어하고 이상하게 보는 사람들을 보며 생각했다. 노숙자는 나쁜 게 아니다. 노숙자라는 것은 그 단어는 절대 나쁜 게 아니고, 어떤 사람이 노숙자라고 해서 전혀 나쁘지 않고, 노숙자라고 욕하면 안 된다고 생각한다. 노숙자도 뭐든 할 수 있고, 편의점 직원이 될 수 있고, 일을 할 수 있고, 모든 것을 할 수 있다는 것을 나도 배우고, 사람들도 알았으면 좋겠다.

6부
은설의 생각

MBTI

나는 MBTI 검사를 많이해 보았다. 그런데 나는 I, E를 왔다 갔다 하고, S, F는 그대로고, P도 그대로다. 나는 확실히 I가 맞다고 생각했다. 집에 혼자 있으려고 하고 혼자 있는 시간이 나에게는 금 같은 시간이고, 나의 취미를 즐길 수 있는 시간이다.

MBTI로 사람의 모든 것을 파악할 수는 없다. 하지만 MBTI로 그 사람을 조금 더 존중하고, 좋아할 수 있다. MBTI는 사람 마음의 절반을 꿰뚫어 보는 그런 방법인 것 같다. 그리고 나머지 절반은 숨겨주는 그런 고마운 존재인 것 같다.

MBTI는 비밀을 보장함으로써 그 사람 또는 내 마음의 절반만 공개해 준다. 반은 내가 스스로 알아가야만 한다. 그러니까 내 말은, MBTI는 내가 내향적인지, 외향적인지를 공개하는 것이지 어떤 면에서 내가 외향적인지 어떤 면에서 내향적인지는 알려주지 않는다.

그러니깐 우리는 내 마음의 눈을 달고, 아주 작아져서 그 사람의 마음속에 들어가서 보아야만 한다. 그 작은 하나하나를 알아보는 것은, 무엇보다도 어렵고 힘든 일일지 모른다. 그래서 상대의 마음을 꿰뚫어 본다는 것은 하루, 이틀, 일주일, 한 달, 일 년이 걸릴 수도 있는 문제다. MBTI도 해결을 못 해주는 나만의 문제가 사람의 마음을 알아보는 것이다. 이것은 누구도 도와줄 수 없다. 그렇다. 그래서 그것은 내 몫이다. 다들 마음의 눈을 잘 활용해 주기를.

아침 7시

아침 7시가 되면 나는 하루를 시작한다. 나는 보통 이 시간에 하루를 시작한다. 그래서 7시가 싫기도 하다. 일어나야 하니까 말이다.

나는 7시에 엄마가 깨워서 일어난다. 7시는 나에게 피곤하면서도, 좋으면서도, 미우면서도, 고마운 시간이다. 저녁 7시는 해가 거의 지고, 밤을 준비하는 시간이다.

밤은 차갑고도 따뜻한 공기, 시원하고 쌀쌀한 향기로운 그런 냄새가 모두 찾아오는 시간이다. 좀 어중간한 시간이기도 하다. 나만 그런지는 모르겠지만 7시는 약간 비스듬한 시간 같다. 그런데 좋다. 나는 어중간한 시간이 좋다. 7시는 저녁이라고 말하기도 애매하고 밤이라고 말하기도 애매하다. 나는 7시에 하루를 되돌아보고 있을지 모른다. 저녁 7시는 내 옆에 가장 좋은 향과 공기가 많이 있어 줄 시간이다. 이 시간이 지나면 점점 이 공기와 향은 사라지겠지.

7시는 어중간하면서도 비스듬해서 좋은 시간이라고 나는 생각한다.

벽

 이 세상의 벽은 정말 많은 것 같다. 마음속의 벽, 건물 사이의 자리 잡고 있는 벽, 성장해 갈 때 꼭 한 번쯤 마주하는 벽. 친구와 친구 사이의 벽들. 벽도 여러 종류가 있다.

 그리고 분명 우리는 지금도 벽을 마주하고 있다. 벽은 참 고마우면서도 쓸쓸한 존재다. 그리고 화나면서도 미안한 존재다. 벽은 우리의 앞길을 막아설 때가 있다. 그러면 화가 난다. 화가 나서 주먹으로 벽을 계속 치고 또 치다 보면 보란 듯이 더 높고 두꺼운 벽이 생긴다.

 "뭐 그렇게 급해. 천천히 네가 시도해 보라고. 뚫을 궁리만 하지 말고, 네가 노력해서 앞으로 나갈 생각을 해야지. 노력 없이 어떻게 이렇게 큰 나를 뚫는다는 소리야? 정신 차려. 급하게 행동하지 마." 나는 천천히 내가 해야 할 것을 생각한다.

 무엇을 해야 이 벽이라는 것을 뚫고 지나갈 수 있을지. 나는 그래서 오랜 시간이 걸려도 벽을 뚫고야 말 거라고 다짐한다. 이런 벽 말고도 여러 종류의 벽이 있다. 집과 집 사이를 이어주는 벽, 건물과 건물 사이를 이어주는 벽, 그 사이에 자리 잡은 벽들은 참 고마운 존재다.

 하지만 옆집은 악당이다. 매일 시끄럽게 하고, 그런데 이 벽 없었으면 그냥 이 시끄러움을 더 가까이에서 들었을지도 모

른다. 만약 벽 말고 유리문이었다면. 참 끔찍한 생각이다. 아
무튼 벽은 고마운 존재다.

책임감

5학년 때 반장을 하면서 정말 많이 느낀 것이 있다. 반장은 우유를 가져와야 하고, 지금 내가 맡은 일에는 꼭 책임져야 한다는 점이다. 반장은 한다고 말한 것을 끝까지 책임져야 한다, 책임감이란 참 무거운 말이다.

아이들을 줄 세우고 갈등이 생기면 함께 회의하고 이야기 자리를 만드는 것도, 결국 내 책임이 되어버렸다. 그래서 5학년 때만 반장을 맡고 6학년에는 반장 하기 싫었는데 이렇게 어이없게 또 반장에 걸려버렸다. 나는 공약도 대충 했다. 준비한 게 없었기 때문이다.

그런데 왜 다 나를 뽑았지. 그래도 이렇게 되었으니 난 이번 년에도 앞을 향해 달려간다. 무겁지만 내 것인 책임감을 머리에 얹고서 나는 달려간다. 우리 반 멋지고 아름다운 친구들을 위해서 말이다. 반장의 역할을 들고 6학년도 달려간다. 아주 빠른 로켓처럼. "얘들아, 잘해보자. 파이팅!"

하늘

 하늘을 보고 있으면 꼭 뚫고 올라갈 것만 같다. 내가 지금 겪고 있는 그 어떤 어려움도 하늘을 보면 꼭 뻥 뚫고 나아갈 수 있을 것 같다. 한 걸음도 아닌 몇 걸음, 아니 몇십걸음까지도 더 나아갈 수 있을 것 같다.

 하늘은 높다. 그리고 시원하다. 하늘은 하늘색일 때도 있지만, 회색빛일 때도 있다. 하늘이 회색빛으로 물들 때쯤 내 마음도 먹구름이 꽉 낀 것처럼 회색빛이고 꽉 막혔다. 아무리 숨을 들이마셔도 시원하다는 느낌보다는 습하다는 느낌밖에 없다. 습하지 않은 날도, 그렇게 회색빛이라면 습하고 더울 것이다.

 그날만은 하늘이 덥고 우울한 쓸쓸하고, 울적한 하늘이 된다. 나만 그런 건 아닌가 보다. 내 친구들도 하늘이 흐리면 체력이 떨어지고, 힘이 없어진다. 걸으려고 해도, 오징어처럼 휘청휘청 잘해보려고 해도, 느릿느릿하고 오후에 수업하려고 하면 꾸벅꾸벅 졸기까지 한다. 그날은 선생님까지도 밝은 목소리보다는 피곤하고, 가라앉은 목소리로 수업을 진행한다. 딱딱하게.

 하늘은 우리 마음까지 조종해 버리는 리모컨 같다.

비

 비가 추적추적 내리는 날, 나도 우울하고 슬픈 생각뿐이다. 그런데 교실에서 조용히 빗소리를 들으면 기분이 좋긴 하다. 비가 많이 오는 날 체육관에 가서 쉬익쉬익 비가 투두둑 떨어지는 소리를 듣고, 천둥이 친다면 천둥 치는 소리까지 들었다. 번개가 치면 깜짝깜짝 놀란다.

 비 오는 날은 또 너무 습하다. 다 만져보면 젖어있는 듯하다. 찝찝해서 짜증이 난다. 그리고 하늘이 회색빛이라서 슬프다. 하늘은 맑아야 진짜 하늘이다. 그런데 하늘이 이렇다니. 하늘은 제발 맑아야 하는데 하늘이 이런 모습이라니 슬프다. 너무 많이. 하늘에 구름이 끼어있는 것은 너무 슬프다. 너무 많이 정말 많이.

젤리

나는 젤리를 좋아한다. 하지만 젤리도 편식한다. 나는 보통 하리보 젤리를 먹는다. 아니면 잘 먹지 않는다. 하리보 젤리는 작고, 맛도 다양하지만, 내가 진짜 좋아하는 이유는 맛이 순수하다. 다른 젤리들은 설탕이 잔뜩 묻어있거나 맛이 너무 자극하는 맛이랄까. 그래서 나는 순수하고 달콤하지만, 부드러운 하리보 젤리가 좋다.

그리고 나는 겉에 설탕이 잔뜩 묻어있는 젤리를 싫어한다. 거칠거칠하고, 달아 보이는 그런 젤리. 너무 생각만 해도 너무 달다. 거칠거칠 달아도 너무나 단 그 맛. 그런 젤리를 보고 있으면 먹지 않아도 속이 먼저 달다. 친구들이 그런 젤리를 들고 와서 주면 나는 그날 입맛이 뚝 떨어진다. 그 젤리가 계속 생각나서 말이다. 또 그렇게 설탕이 잔뜩 붙어 있는 젤리에서는 단 냄새까지 나서 더 싫다. 그걸 먹으면 진짜 그날 입맛 없어진다.

나는 그래서 순수하고 시원한 느낌인 하리보 젤리가 좋다.

우유

 나는 우유를 정말 좋아한다. 우유를 마시고 있으면 그냥 기분이 좋다. 학교에서 매일 우유가 나온다. 우유가 싫다며 투정 부리는 아이들도 있지만, 나는 우유 먹는 시간만을 기다리고, 또 기다린다. 우유 먹는 시간이 되면 나는 30초 만에 우유를 다 마셔버린다. 너무 맛있어서 금방 마실 수 있다. 나는 그렇다.

 친구는 우유를 싫어한다. 아니, 부산우유를 싫어한다. 부산우유는 비리다던데 나는 못 느끼겠다. 우유가 우유 아닌가? 우유 참 맛있는데. 나도 우유 중 딱 하나 안 먹는 게 있기는 하다. 바로 멸균우유. 이상한 맛이 난다. 내가 방금 우유는 그냥 우유가 아닌가, 라고 말했었는데 아무래도 취소해야겠다. 취소.

 그 우유는 특이한 맛이 있는데 그걸 먹으면 속부터 안 좋아진다. 그것만 빼면 다 괜찮다. 우유는 시원하면서도 담백한 맛을 가진 듯하다. 그래서 우유를 먹고 있으면 야채를 먹을 때처럼 영양가가 쑥쑥 들어오는 느낌이다.

 그런데 나는 왜 우유를 잘 먹는데 키가 안 크는 것일까. 나 우유를 하루에 2잔 이상 먹을 때도 있는데. 키 때문에 우유를 마시는 것은 아니지만, 그래도 키 크고 싶다. 키가 안 커도 우유의 맛은 짱이다. 정말 맛있다. 최고로. 물 대신 우유만 마시고 싶을 정도로.

짜증

주변에 짜증 나는 일이 많다. 학교에서도, 집에서도, 밖에서도. 하지만 짜증 난다고 다 짜증을 낼 수도 없는 일. 짜증이 나면 일단 나는 시원한 곳을 찾는다. 그게 불가능하다면 주먹을 꽉 쥔다. 정말 있는 힘껏 주먹을 꽉 쥔다. 아니면 숨을 크게 쉰다. 나 혼자 있을 때는 노래를 듣는다. 그러면 짜증이 조금은 나아진다. 그리고 짜증 나는 일을 일기로 적으면 그래도 짜증은 풀린다. 그리고 글을 쓰고 있으면 글 쓰는 것에 집중이 돼서 짜증 났던 일을 다 잊어 버린다. 그리고 학교에 가서 마음 맞는 친구들과 놀면 짜증은 금방 씻은 듯 사라진다.

짜증이 났을 때는 화로 번지지 않게 조심하면 금방 짜증을 치료할 수 있다.

문

 나는 문을 보며 생각한다. 자유롭게 드나들어도 된다는 표시인 것 같다고. 자유롭게 들어가도 된다는 표시. 문은 뭔가 우리를 맨 처음으로 반겨주는 존재인 것 같다. 내가 여기 들어갈 때도 문을 먼저 열고 들어왔다. 문은 열리면서 나에게 말한다. "들어가. 들어가라고. 안 들어가고 뭐 해? 들어가야지." 그리고 내가 나갈 때는 잘 가라고 인사도 해 준다. 나는 문을 열고 나간다. 문은 언제나 우리를 드나들게 할 준비를 하는 듯하다. 문은 어떤 상황에서도 그냥 있다. 그런 문이 참 대단하게 보인다. 정말 많이.

나의 방학

방학은 참 좋다. 학교에 가다가 잠시나마 집에서 쉴 수 있는 시간. 그 시간이 바로 방학이다. 학교에 매일 가면 조금 피곤하기도 하고, 힘들기도 했는데 방학이 하루 남았다고 하면 바로 기운이 솟아나는 것 같다. 나는 방학 하루 전부터 기뻐한다. 하루 전부터는 공부도 너무 잘 되어서 그렇게 안 하던 필기도 엄청난 양을 했다.

내가 너무 흥분할 때도 있다. 방학식 날에는 나에게 있는 사탕을 애들에게 쫙 돌리고. 방학 첫날에는 상대방에게 말하기 좀 그래서 안 쓰던 편지도 써서 가족들에게 건넸다. 정말 방학이라는 게 이렇게 큰 존재였나.

나는 방학 계획을 그렇게 많이 세우지는 않는다. 그래서 내 MBTI는 P다. 방학 말고도 계획 세우는 일이 잘 없지만, 딱하나 유일하게 계획을 세워보는 것이 있다. 바로 글쓰기다. 그래서 방학에는 그냥 내 취미인 글쓰기와 피아노 치기만 하고 싶다. 아, 롯데월드도 가고 싶다. 가덕도도 한 번 더 가고 싶다.

하지만 짧은 봄방학에 이것을 다 한다는 것은 너무 어려운 일이다. 그래서 나는 조금 더 생각해 볼 것이다. 앞으로 찾아올 여름, 겨울, 봄방학에도 또 하면 되니까 말이다. 급하게 생각하지 않을 것이다.

친구

 나에게는 조금의 친구가 있다. 같이 재미있게 대화할 수 있고, 마음이 잘 맞고, 위로를 잘해주고, 서로 이해할 수 있고, 서로에게 공감할 수 있다면 그것은 친구가 아닐까 싶다. 서로를 서로가 아낀다면 그것은 친구가 아니면 뭘까.

 그리고 꼭 사람만 친구가 될 수 있는 것은 아니다. 지금 내가 글 쓰고 읽을 수 있게 도와주는 한소네도 나에게는 항상 꼭 붙어 다니는 친구이다. 그리고 우동준 선생님도 내가 생각하기에는 매주 금요일마다 함께 글을 공유하고, 일상을 공유하고, 서로 글 쓰며 공감해 주고, 나는 우동준 선생님도 글을 같이 쓰는 친구라고 생각한다.

 그리고 나는 동물도 친구라고 생각한다. 우리 집에 쑥쑥 크고 있는 식물들도 다 친구라고 생각한다. 그리고 나에게 재미있고, 흥미로운 지식을 전달해 주는 스마트폰과 책도 고마운 친구라고 생각한다. 이렇게 내 주위에는 친구들이 많다.

 그런데, 친구를 사귀다 보면 정말 힘들 때도 많다. 인간관계도 너무 힘들다. 그리고 맨날 엇갈리는 우리의 관계가 짜증스럽기도 하다. '친구 없이 혼자 지낸다면 오히려 편할까'라는 생각도 많이 해보긴 했지만, 친구가 전혀 없는 것도 외로울 것 같다.

우리가 친하다고 말하는 그 친함이라는 단어는, 대체 언제 사용해야 할까. 정말 잘 놀고 대화를 잘하면 그냥 친한 것일까? 사실 나는 친함의 기준을 모르겠다.

색깔

나는 시각장애인, 그중에서도 거의 볼 수 없는 전맹에 가까운 시력을 가지고 있다. 색깔과 정말 큰 형체가 있다는 것 정도만 느낀다. 앞에 사람이 있는지 동물이 있는지도 빨리 알아채지 못할 수도 있다. 그리고 누가 앞에 와도 누구인지 모르고 왔다는 것조차도 늦게 알아챈 적도 많다. 그렇다고 부딪히고 다니지는 않지만 말이다.

그래서 나는 손으로 느끼고 귀로 듣는 것을 좋아한다. 그래서 색종이를 접을 때 누군가가 "무슨 색 할래?" 하고 물어보면 아무 색이나 달라고 하거나 고민을 많이 한다. "무슨 색 있어요?"라고 물어본 적이 대부분인 것 같다. 그래도 나는 좋아하는 색은 있다. 초록색, 노란색, 하늘색, 빨간색. 많지만 다 좋아한다. 그냥 풍경이 느껴질 만한 색들을 좋아한다고 말하는 게 제일 비슷한 표현인 것 같다. 흠, 그렇다.

잠시 쉬어갈 수 있게 해주는 공간

 나는 이 공간이 좋다. 집에서보다 글이 더 잘 써져서. 그리고 내 손도 이제 아나 보다. 여기에만 오면 글을 쓰고 싶다며 난리를 친다. 손이 간지럽다. 그리고 앞에 글이 있으면 읽고 싶다고 난리를 친다. 이 공간, 내게 너무 소중한 공간이다. 지금 여기는 나를 잠시 쉬게 해주는 쉼터 같은 곳이다. 내가 잠시 나를 돌아보게 해주는 곳, 지금 내 옆에 계신 우동준 작가 선생님과 글을 쓸 수 있는 공간. 우동준 선생님과 한 시간이라는 시간을 보내는 공간. 그리고 나의 글 실력을 그대로 보여줄 수 있는 공간. 뭔가 편하다. 그리고 기분이 좋다. 이 공간은 내가 처음 선생님과 만날 때부터 계속 함께했던 공간이다. 나의 꿈을 향해 한 발자국 더 내디딜 수 있는 공간. 그렇게 할 수 있는 고마운 공간. 내가 건너갈 수 있도록 놓아준 다리 같은 존재. 나는 이 공간, 수영구진로교육지원센터가 좋다. 최고로 고마워하고, 최고로 사랑한다.

차갑고, 따뜻하고, 달콤해

밤 12시. 아주 특별한 시간이다. 그때가 되면 모두 잠들어야 할 것만 같다. 하지만 무언가는 활동할 시간. 예를 들어 별들, 달들. 밤 12시는 우리 눈에 보이지는 않지만, 우리에게 느껴지는 것들이 많다.

밤 12시. 나는 그때 밤 12시에 창문을 열어 밤공기를 맡고 있을 때도 가끔 있다. 가끔 맡고 있으면 뭔가 기분이 상쾌하고 좋아진다. 그리고 뭔가 속이 뻥 뚫리는 느낌이다. 조용하지만 시끄럽다. 따뜻하지만, 차갑다. 그리고 달콤하다. 밤 12시에 반할 정도로.

밤 12시의 공기에서는 초콜릿 향이 난다. 달콤한 느낌을 준다. 너무나 좋다. 밤 12시는 특별하다. 나에게 상쾌한 기분을 주는 시간. 밤 12시가 되면 꼭 하늘로 날아갈 수 있을 것 같다. 당장 점프를 하면 하늘로 떠올라 달과 구름을 오가며 그런 재미있는 시간을 보낼 수 있을 것 같다. 대체 어디에서 들어오는 밤공기일까. 문득 궁금해졌다. 만약 알게 되면 감사하다고 말하고 싶다. 나를 편안하게 해 주었으니까.

점자 - 내가 느끼게 해줘서 고마워

 나에게 점자란 이 세상을 보게 해주는 하나의 수단이다. 나에게 점자란 사람들이 보는 글자와 똑같은 그런 것이다. 나에게 있어서 점자란 내가 길을 다니고, 길을 찾을 수 있게 도와주는 수단이다. 만약 이 세상에 점자가 없었더라면, 나는 아마 엘리베이터 층수 버튼을 하나씩 세어보아야만 하고, 글자는 스마트폰으로 확대해서 아주 느리게 읽어야 하고, 수학 문제를 풀기에도 어려웠을 것이다. 그리고 컵라면에도 점자가 적혀 있는데 만약 점자가 없었더라면 매운 것을 못 먹는 나는 아주 매운 맛을 보게 될지도 모른다. 그리고 비행기를 타면 안전에 대한 것이 적혀 있는 종이를 받는데, 만약 점자가 없었더라면 안전을 예방하지 못하고, 비행기를 타야 할 것이다. 그래서 점자는 우리에게 아주 중요한 것이다.

 점자는 우리가 세상을 손으로 볼 수 있다고 말해주는 것 중의 하나라고 생각한다. 점자가 없으면 우리는 너무나 힘들 것이다. 점자가 없다고 못살지는 않겠지만, 힘들 것이다. 그래서 항상 점자를 만들어 주신 분께 감사하며 점자를 읽는다. 전국의 시각장애인들과 시각장애가 없더라도 점자를 익히시는 분이 있다. 정말 점자는 최고의 수단인 것 같다.

과자 - 과자는 널 떠올리게 해

 나는 과자를 너무 좋아한다. 특히 감자깡. 그리고 또 좋아하는 것. 초코송이. 그리고 오레오. 나는 오레오를 좀 특별하게 먹는다. 오레오 과자 두 개가 햄버거처럼 붙어 있으면 꼭 분리해서 먹는다. 초코송이는 과자를 먼저 먹고 초코를 뒤에 먹는다. 감자깡은 꼭 반씩 베어 먹는다. 예감도 좋아한다. 그런데 이 과자들 모두 의미 있는 과자들이다.

 감자깡을 먹고 있으면 우리 담임선생님이 생각나고, 오레오를 먹고 있으면 예전 친구가 생각난다. 초코송이를 먹고 있으면 또 다른 친구가, 에이스를 먹고 있으면 아는 언니가 생각난다. 그 언니는 내가 힘들 때 항상 같이 있어 주었던 언니다. 나이 차이는 조금 많이 나지만, 우리는 친했고 친하다.

 왜 에이스 과자를 먹으면 언니가 생각날까. 에이스는 부드러우면서 자기의 매력을 뽐내고 있다. 에이스를 먹으면 부드러운 느낌도 나고, 달콤하고 밋밋하지만, 크림같이 부드럽고 촉촉한 느낌이 든다. 그 언니는 내가 힘들 때 부드럽게 안아주고, 내 마음을 어루만져주고, 크림처럼 나를 안아주고, '괜찮아 어떻게든 될 거야 힘내'라며 달콤한 말을 해 주었다.

 그래서 에이스 과자가 그 언니를 떠올리게 했나 보다. 내가 좋아하는 과자는 감자깡이지만, 제일 편하게 먹을 수 있는 것은 에이스다. 제일 편한 사람을 떠올리게 만드니까. 그런 과자니까.

30대에 나는

나는 내가 30대에 무엇을 하고 있을지 궁금하다. 아마 나는 상담 선생님을 하고 있을 것 같다. 모든 사람의 생각을 듣고 공감해 주고 싶다. 나와 친한 사람 중에 정말 자매처럼 친한 언니 한 명이 있다. 나이 차이는 크게 나지만, 서로 잘 지내는 언니다. 언니와 나는 서로의 속마음을 털어놓을 때가 많았다. 그런데 언니는 어딘가 우울해 보였다. 물어 보니 말할 사람이 없는 것 같았다. 언니가 무엇을 좋아하는지 왜 좋아하는지 왜 이것을 하고 싶은지 그러다가 상담하게 되었다. 언니는 상담하고 나니 한결 나아졌다고 했다.

나도 그런 상담 선생님, 누군가의 말을 끝까지 들어주는 공감을 잘해주는 누군가에게 도움이 되는 그런 선생님, 그런 상담 선생님이 되고 싶다. 꼭 말이다. 그래서 나는 그때 누군가를 상담해 주며 '그랬구나, 그럴 수도 있지, 그래서 힘들었겠구나, 그래서 좋았겠구나, 너의 기분은 어땠어? 괜찮아 할 수 있어. 실수해도 괜찮아. 기쁘겠구나, 아주 좋은 생각이야' 같은 말을 달고 살 것 같다.

나는 30대가 되어도 상대방의 말을 듣고, 배우는 사람이 되고 싶다.

엄마

 우리 엄마는 따뜻하다. 장난도 많이 친다. 그리고 우리는 서로 친한 편에 속한다. 서로 장난치고 논다. 나는 이럴 때가 좋다. 그리고 엄마의 요리 실력도 좋다.

 그래서 엄마인가 보다.

브레이크

모든 사람은 달리는 차와 같다. 어떤 때는 브레이크를 밟아야 한다. 그리고 멈추고 쉬어야 할 때도 있다. 언제든지 잠시 브레이크를 밟고 쉬어도 된다. 달리다가 힘들면 잠시 브레이크를 밟아도 된다.

언제 브레이크를 쓸지는 나 자신의 마음이겠지만, 나는 사람들이 눈치 보지 않고, 쉴 때는 쉬고 달릴 때는 달리며 그만하고 싶을 때는 잠시 그만둬도 괜찮다고 생각한다. 잠시 멈추어 있어도 되고 오래 멈추어 있어도 된다. 다들 포기하지 말라고 한다.

하지만 나는 그렇게 생각하지 않는다. 하나 정도 포기한다 해도, 다른 것을 열심히 한다면 무엇이든 할 수 있다. 그리고 포기를 한다고 해서 내가 다른 것을 못 한다는 생각을 가져서도 안 된다. 누구나 포기할 수 있다.

설렘과 기대감

나는 설렘을 많이 느낀다. 어떨 때 느꼈는지 다 말한다면 시간도 길어지고 힘들 것 같다. 뭔가 그냥 다 설렌다. 특히 기분이 좋을 때는 모든 일이 다 설렌다. 뭔가 그냥 아주 작은 일에도 다 설렌다. 가끔 나도 이유를 모르겠는데 설렌 적이 있었다. 정말 기분 좋은 설렘이었다. 정말 너무 기분이 좋았는데 정말 왜 설렜는지 그냥 마음이 신나고, 뭔가 설렜다.

저번에 캠프 가기 전날, 비행기가 김해공항의 날씨 때문에 착륙하지 못하고, 30분 대기하다가 김포공항으로 돌아갔다. 그래서 이모 집에서 하룻밤 더 자게 되었다. 내일 캠프를 갈 수 있을까 걱정도 하였지만, 그때조차 나는 설렜다. 정말로 너무 설렜다. 나는 설렘을 자주 느낀다. 아주 자주.

그리고 나는 항상 기대한다. 기대. 나는 사소한 것도 기대하는 편이다. 오늘의 일을 기대하고 반가운 연락이 왔을까 기대하고, 오늘 아침은 무엇일까 기대한다. 하지만 기대가 안 좋을 때도 있다. 기대가 너무 크면 실망도 아주 큰 법이다. 정말 기대가 크면 실망도 아주 크다.

아침밥 메뉴를 기대했는데 내가 좋아하지 않는 것이 나오면 크게 실망한다. 점심밥도 마찬가지다. 오늘은 라면을 끓여줄 거라고 생각하면 꼭 다른 거였다. 그리고 반대로 에이 설마

하는 마음이 크면 행복도 크다. 그런 일을 겪어본 적이 많다. 그래서 나는 결정했다. 앞으로는 너무 큰 기대도 하지 않고, 너무 큰 실망도 하지 않기로. 사람 일은 모르는 것이니까. 하지만 살면서 기대하지 않을 수는 없으니까 큰 기대만 하지 않을 것이다. 너무 위험한 행동이 바로 큰 기대이니까.

안녕

 나는 서울 갈 때 아빠와 함께 가지 않는다. 아빠도 아빠의 할 일이 있으니까. 나는 그때 아빠와 인사를 한다. '꼭 내 생각을 해. 나도 아빠 생각할 테니까. 문자 꼭 해. 빨리빨리 답해줘. 그리고 또 전화 많이 해줘. 전화 안 하면 삐칠 거야'라는 말을 한다.

 나는 아빠와 잠시라도 멀어져 있는 게 싫다. 아무리 혼자 있는 것을 좋아한다고 해도 아빠와 멀어지는 것이 싫다. 그만큼 아빠는 내게 소중하다. 아빠가 없어서는 안 된다. 절대로.

 앞으로 아빠한테 안녕이라는 말은 안 쓸 거다. 떨어지는 게 실감 나서 싫다.

 안녕이라는 말을 쓰지 않을 것이다. 잘 가라는 말도 쓰지 않을 것이다. 아빠와 나는 절대 떨어질 수 없다. 아빠는 내 마음속에도 있다. 아빠는 내 마음속에도 있고, 내 앞에도 있다. 그러니까 안녕이라는 말은 이제 아빠에게 쓸 필요가 없을 것 같다. 언제나 내 옆에 있으니까. 언제나.

내 글이 잘 완성되기를

 나의 첫 책이 이렇게 나온다니 정말 너무 좋다. 나는 내 글이 다른 사람에게도 좋은 글로 남았으면 좋겠다. 그리고 사람들이 내 글을 재미있게 봐 주기를 바란다. 내가 이렇게 글을 낼 수 있어서 좋다.

 나는 이 책을 쓰면서 나를 한 번 더 돌아보았다. 내가 어떤 사람인지, 나의 생활에서 잘못된 길로 가고 있지는 않은지. 학교생활이라는 챕터에서는 아무래도 관계를 많이 떠올렸고, 우리 가족에 대한 이야기를 쓸 때는 가족의 소중함과 가족과 있었던 일을 많이 떠올렸다. 나는 나를 다시 돌아보며 나의 장단점을 많이 찾아냈다. 그리고 나라는 사람을 한 번 더 보았고 다시 한번 나를 알아봐 줄 수 있었다.

 이 글을 쓰고 한 번 더 점검하는 동안 나 자신에게 많이 실망했다. 그리고 나 자신을 밉게 생각했다. '나는 바보야'라고 말하기도 했다. 마음속으로. 나의 말에 나는 할 말을 잃었다. 하지만 수정을 다 하고 나는 스스로에게 답했다. '맞아. 나는 바보야. 하지만 결국 수정했잖아'라고 말했다. 그제야 나는 웃었다.

 가끔은 실망과 자책도 필요하다. 그러면서도 나와 나를 위한다. 나와 나는 이번 글도 같이 썼다. 나와 나는 어디를 가도 헤어지지 않는다. 헤어질 수 없다. 나의 평생 친구는 나다.

나는 나에게 매일 실망하지만, 이게 나다. 그래서 그냥 아껴줄 것이다. 나는 글을 잘 못 쓰지만, 그래도 우동준 선생님 덕분에 한결 내용이 나아졌다. 내가 하고 싶었던 이야기를 다 적으며 내 마음을 나타낼 수 있는 이 글이 너무 좋다. 나는 작가가 되고 싶다. 훌륭한 작가 말이다. 글 쓰는 것이 정말 재미있고 흥미롭다.

하루 종일 글만 쓸 수 있을 것 같다. 나를 위한 길인 것 같다. 정말 너무 좋다. '나는 나, 박은설' 이 글은 내가 제대로 써 보는 첫 글이다. 그래서 더 좋다. 나의 마음을 잘 담아놓은 글. 나는 이 글을 쓰고 또 새로운 글을 쓰고 싶다. 그렇게 하나씩 하나씩 써서 아주 많이, 정말 많이 써서 나의 많은 글을 보며 모두가 웃기를 바란다. 모두가.

내가 이 글을 마무리할 수 있었던 이유는 내 주변 사람들 덕분이다. 내 주변 사람들이 나를 도와주기에 나는 이 글을 완성할 수 있었다.

부족한 글 실력이었지만, 항상 우동준 선생님께 배우고 수영구 진로 교육 지원 센터 이고운 선생님 덕분에 새로운 것을 알게 되었다. 그리고 엄마 아빠도 항상 응원해 주시고 항상 내 곁에 있어 주는 친구들과 선생님, 가족, 나는 모두를 사랑한다.

　모두가 내 글을 읽으며 웃었으면 한다. 글을 아주 잘 쓴 것
은 아니지만, 모두가 내 생각을 알고 모두 재미있게 읽었기
를 바란다. 그게 내 큰 바람이자 나를 항상 도와준 사람들에
게 주는 작은 선물이 될 것이다.

추천의 글 1
수영구진로교육지원센터

 한 걸음씩 앞으로 나아가는 과정에서 우리는 자신을 믿고 도전하는 순간을 맞이합니다. 그리고 그 도전은 때로는 우리의 삶에 새로운 문을 열어줍니다.

 2020년 수영구진로교육지원센터에서 시작된 '은설의 하루'는 은설의 잠재력을 발견하고, 작가로서의 꿈을 키워나갈 수 있도록 하였습니다. 우동준 작가님과 함께 우리는 서로의 꿈과 열정을 나누며 작품을 통해 세상에 나아가고자 하는 의지를 함께 나누었습니다. 이제 수영구문화도시센터와 함께 독립출판의 길을 걷게 될 준비가 되었습니다.

 글쓰기의 마법은 은설의 마음 속에서 피어난 이야기를 글로 옮기는 과정에서 발휘됩니다. 그리고 출판을 통해 은설의 이야기를 세상과 나눌 수 있다는 사실은 우리에게 큰 희망을 안겨주었습니다. 은설의 하루를 통해 청소년의 또 다른 꿈이 이루어지기를 응원합니다. 이 책을 펼친 모두를 응원합니다.

추천의 글 2

조경희_부산맹학교 교장

모든 것은 마음 먹기에 달렸으므로 자기의 삶에 감사하며 한 걸음씩 앞으로 나아가는 과정에서 자신을 믿고 노력하였을 때 놀라운 일들이 생깁니다.

수영구진로교육지원센터에서 우동준 작가님과 꿈과 열정을 나누며 소소한 일상과 느낌을 표현한 '은설의 하루'는 은설의 잠재력을 발견하고, 작가로서의 꿈을 키우는 디딤돌이 되었던 것 같습니다.

은설이의 마음속에서 피어난 이야기를 소중히 여기고 출판하는 수영구문화도시센터와 독립출판사 관계자님께 감사와 존경의 마음을 보냅니다.

평범하지도 특별하지도 않다고 하지만 매사에 최선을 다하고 긍정적으로 생각하는 은설을 볼 때면 사회에서 필요한 인재가 될 것 같은 기대감으로 격려와 지지를 보냅니다.

은설이 이야기를 세상과 나눌 수 있다면 많은 학생이 자신을 되돌아보고, 은설처럼 현재를 즐기면서 꿈을 위해 도전할 것 같습니다. '나는 모든 것을 할 수는 없지만 무엇인가 할 수 있다. 그러므로 내가 할 수 있는 것을 기꺼이 하겠다.'라고 말한 헬렌켈러처럼 학생 여러분도 자신이 할 수 있는 일을 '지금 바로' 시작하길 바랍니다.

추천의 글 3
김민섭_정미소 출판사 대표

〈은설의 하루〉를 읽는 동안 자연스럽게 어린 시절 읽었던 안네의 일기를 떠올리게 됐다. 독일군이 장악한 게토에 숨어 사는 동안 안네는 자신의 눈을 가리게 한 그 세상 너머를 상상했다. 모두가 눈 감고 살아가야 했을 한 시절에 어쩌면 홀로 눈을 뜨고 있던 건 안네였는지도 모른다. 그는 끊임없이 기록해 나아가며 끝까지 사람들이 가진 선한 마음을 믿었고, 잘 버텨내 세상과 마주하고자 했다.

은설이가 바라보는 이 세상의 모습은 어떠할까. 그는 또래들과 다르지 않은 평범한 하루를 보내는 듯하지만, 늘 자신과 주변을 돌아본다. 그의 시선은 스스로뿐 아니라 모든 주변인에게 따뜻하게 가서 닿는다. "가끔은 실망과 자책도 필요하다. 그러면서도 나와 나를 위한다. 나와 나는 어디를 가도 헤어지지 않는다."는 그의 말은 우리 모두의 가슴을 울린다. 정미소 출판사의 책은 울다가 만든 책이 많은데, 나는 그가 쓴 저 문장과 마주한 순간부터 또 울고 말았다.

우리는 주로 먼 곳을 바라본다. 자신의 모습이 어떠한지 알지 못하면서, 타인의 부조리함에만 눈을 크게 뜨기도 한다. 그러나 은설이는 자신과 주변을 돌아보며 성장해 나아간다. 조금 더 좋은 사람이 되고자 하고 자신의 가족, 친구, 선생님

등 주변의 고마운 사람들과 함께 행복한 하루를 보내고자 한다. 그의 글을 읽는 동안 눈을 뜨고 살아가는 것은 누구인가, 라는 부끄러움을 계속 가졌다.

은설의 선하고 선명한 시선을 당신에게 보낸다. 그가 차곡차곡 담아낸 하루가 우리의 눈을 새롭게 뜨게 만들 것이다.

정미소는 한 세계를 깨뜨리고자 하는
모든 개인의 고백을 응원합니다.
xmasnight@daum.net

책 제목 은설의 하루
부제 나는 나, 박은설

2023년 10월 25일 1판 1쇄 펴냄

지은이 박은설
펴낸이 김민섭
꾸민이 지은이
펴낸곳 정미소
내부 일러스트 청각장애예술인 허다형
표지 일러스트 루나 serizenne@hanmail.net

출판등록
주소 서울특별시 마포구 성산동 218번지 402호
이메일 xmasnight@daum.net

ISBN 979-11-967694-5-1 03810